AF217517

Tucholsky   Wagner   Zola   Scott
Turgenev   Fonatne Sydow   Freud   Schlegel
            Wallace
Twain   Walther von der Vogelweide   Fouqué   Friedrich II. von Preußen
            Weber   Freiligrath
                                              Frey
Fechner   Weiße Rose   von Fallersleben   Kant   Ernst   Frommel
        Fichte   Richthofen
        Engels   Fielding   Hölderlin
Fehrs   Eichendorff   Tacitus   Dumas
        Faber   Flaubert
                        Eliasberg   Ebner Eschenbach
Feuerbach   Maximilian I. von Habsburg   Fock   Eliot   Zweig
            Ewald   Vergil
        Goethe   Elisabeth von Österreich   London
Mendelssohn   Balzac   Shakespeare
        Trackl   Lichtenberg   Rathenau   Dostojewski   Ganghofer
        Stevenson   Doyle   Gjellerup
Mommsen   Tolstoi   Hambruch
        Thoma   Lenz   Hanrieder   Droste-Hülshoff
Dach   Verne   Hägele
        Reuter   von Arnim   Hauff   Humboldt
Karrillon   Rousseau   Hagen   Hauptmann   Gautier
        Garschin
    Damaschke   Defoe   Hebbel   Baudelaire
            Descartes
Wolfram von Eschenbach   Hegel   Kussmaul   Herder
        Darwin   Dickens   Schopenhauer   Rilke   George
Bronner   Melville   Grimm Jerome   Bebel   Proust
    Campe   Horváth   Aristoteles
Bismarck   Vigny   Barlach   Voltaire   Federer   Herodot
        Gengenbach   Heine
Storm   Casanova   Tersteegen   Grillparzer   Georgy
        Chamberlain   Lessing   Langbein   Gilm
Brentano   Gryphius
Strachwitz   Claudius   Schiller   Lafontaine
    Katharina II. von Rußland   Bellamy   Schilling   Kralik   Iffland Sokrates
        Gerstäcker   Raabe   Gibbon   Tschechow
Löns   Hesse   Hoffmann   Gogol   Wilde   Vulpius
Luther   Heym   Hofmannsthal   Gleim
    Roth   Heyse   Klopstock   Klee   Hölty   Morgenstern   Goedicke
Luxemburg   Puschkin   Homer   Kleist
    La Roche   Horaz   Mörike   Musil
Machiavelli   Kierkegaard   Kraft   Kraus
Navarra   Aurel   Musset   Moltke
Nestroy   Marie de France   Lamprecht   Kind   Kirchhoff   Hugo
        Laotse   Ipsen   Liebknecht
Nietzsche   Nansen   Ringelnatz
    Marx   Lassalle   Gorki   Klett   Leibniz
von Ossietzky   Lawrence   Irving
    May   vom Stein
Petalozzi   Knigge
    Platon   Pückler   Michelangelo   Kock   Kafka
Sachs   Poe   Liebermann
de Sade   Praetorius   Mistral   Zetkin   Korolenko

Die Damen von Croix-Mort - Zweiter Band

Georges Ohnet

Impressum

Autor: Georges Ohnet
Übersetzung: J. Linden
Umschlagkonzept: toepferschumann, Berlin

Verlag: tradition GmbH, Hamburg
ISBN: 978-3-8424-1004-6
Printed in Germany

Ziel der TREDITION CLASSICS ist es, tausende deutsch- und
fremdsprachige Klassiker wieder in Buchform verfügbar zu
machen. Die Werke wurden eingescannt und digitalisiert. Dadurch
können etwaige Fehler nicht komplett ausgeschlossen werden.
Unsere Kooperationspartner und wir von tredition versuchen, die
Werke bestmöglich zu bearbeiten. Sollten Sie trotzdem einen Fehler
finden, bitten wir diesen zu entschuldigen. Die Rechtschreibung der
Originalausgabe wurde unverändert übernommen. Daher können
sich hinsichtlich der Schreibweise Widersprüche zu der heutigen
Rechtschreibung ergeben.

Achtes Kapitel

Zwei Tage nach diesem Vorfalle trafen Herr und Frau von Ayères in dem Wagen, welcher sie auf dem Bahnhofe erwartet hatte, gegen Abend auf Schloß Croix-Mort ein. Auf der Freitreppe stand Edmee und sah mit heftig pochendem Herzen und umflorten Augen die Kutsche durch die lange Lindenallee in raschem Trabe heranrollen. Während diese im Bogen vorfuhr, suchte das junge Mädchen in der anbrechenden Dunkelheit ihre Mutter zu erkennen, konnte jedoch nur zwei regungslose schwarze Gestalten unterscheiden. Jetzt hielt das Gefährt vor den Steinstufen still; eine Frau in langem Reisemantel und einer Spitzenkapuze um den Kopf stieg aus, und peinlich betroffen erblickte Edmee das bleiche, eingefallene Gesicht ihrer Mutter. Sie stürzte ihr entgegen, umfaßte sie im Fluge auf dem Trittbrett, hob sie, die so leicht wie ein Kind war, in die Höhe und ließ sie erst auf der Treppe los. Hier fiel sie ihr in die Arme und flüsterte, von Rührung überwältigt, mit zitternder Stimme: »Mama ... Mama! ...«

Frau von Ayères erwiderte die Liebkosungen ihrer Tochter mit gleicher Zärtlichkeit und sagte dann, sie mit sich fortziehend: »Komm, mein Herzchen, du hinderst Herrn von Ayères am Aussteigen.«

Diese wenigen Worte verscheuchten den Taumel, der sich Edmees bemächtigt hatte, und rasch trat sie zurück, um den Platz frei zu lassen. In einem tadellos eleganten Anzug von weiß und schwarz gewürfeltem Stoffe sprang der schöne Ferdinand aus dem Wagen. Er nahm die kleinen, auf den Sitzen umherliegenden Pakete heraus, der Schlag klappte zu und die Gebieter von Croix-Mort traten ins Haus, indes die Diener das Gepäck abluden.

In der hohen, gewölbten, mit dem Familienwappen geschmückten Vorhalle hielt Regine einen Augenblick still. Sie blickte bewegt umher, wie um dem alten Gebäude, in welchem sie so viele friedliche Jahre verlebt hatte, einen Willkommensgruß zu bieten. Alles war noch ebenso wie an dem Tage ihrer Abreise: die großen, geschnitzten Truhen aus Birnbaumholz bauchten sich längs der Wände, die Jagdtrophäen erinnerten noch immer an die Heldenthaten des Herrn von Croix-Mort und die breite Treppe eröffnete sich den Ankommenden, wie um sie gastlich zu empfangen.

Edmee, die, neben ihrer Mutter einhergehend, Herrn von Ayères hinter sich wußte, wagte es nicht, sich umzudrehen. Während der letzten Tage hatte sie sich wohl zwanzigmal die Frage gestellt: Welche Haltung soll ich ihm gegenüber einnehmen? Sie hatte sich ein ganzes Ceremoniell von kalter Zurückhaltung und strenger Höflichkeit ersonnen. Und nun waren alle ihre Vorsätze an der Aufregung des ersten Zusammentreffens gescheitert. Sie befand sich ihm gegenüber nicht mehr in derselben Lage wie früher, wo sie in seiner Anwesenheit schweigend im Salon saß und sich bloß zu einer halben Verbeugung zu erheben brauchte. Zudem gebrach es ihr im entscheidenden Augenblicke völlig an Geistesgegenwart, die Erregung hatte ihr die Sprache benommen und den Blick getrübt. Da sie ihm hartnäckig den Rücken kehrte, hatte sie kaum mit einem Seitenblicke bemerkt, daß der Feind einen Schritt gemacht, um sie zu begrüßen und sich vor ihr zu verbeugen. Aber sie vernahm den falschen, süßlichen Ton seiner Stimme, als er zu ihr sagte: »Wenn ich Sie nicht hier in Ihrem Hause gesehen hätte, glaube ich kaum, daß ich Sie wiedererkannt hätte. Ihre Mutter und ich haben ein Kind zurückgelassen und finden eine junge Dame wieder ...«

Dabei sah er sie mit einem Lächeln an, das ihr ungemein mißfiel, und wiederholte: »Eine reizende junge Dame!«

Schweigend verneigte sie sich. Frau von Ayères, deren Organ verändert und schrill klang wie ein altes Spinett, sagte: »Wir haben vor Tisch noch fast eine Stunde Zeit, die wir auf unsern Zimmern verbringen wollen.«

Während Regine langsam, sich auf das Eisengeländer stützend, schwer atmend die breite Treppe zum ersten Stockwerk hinaufstieg, eilte ihr kräftiger, munterer Gatte, eine Operettenmelodie trällernd, immer zwei Stufen auf einmal nehmend, hinauf. Edmee öffnete die Thür, und die Baronin rief beim Eintreten, hocherfreut, die alten, lieben Möbel wiederzusehen: »Ah! Endlich wieder in meinem Zimmer ...«

Und nun begann sie hin und her zu gehen und strich mit der Hand über die Gegenstände hin, als wolle sie dieselben liebkosen.

Fräulein von Croix-Mort betrachtete sinnend, voll schmerzlicher Betroffenheit, ihre Mutter. War das dieselbe Frau, die vor kaum einem Jahre frisch, heiter, in Gesundheit strahlend, ausgegangen war, um ein neues Dasein zu beginnen? Ein Vierteljahrhundert schien über ihrem Haupte dahingegangen zu sein und ihrem Auge seinen Glanz benommen, ihre Schläfen mit Falten bedeckt, ihre Lippen farblos gemacht und ihr Haar gebleicht zu haben, denn es war matt und glanzlos und mußte gefärbt sein. Ihre schöne Gestalt hatte sich gebeugt, sie erschien kleiner und war heute nur noch der Schatten der ehemaligen Regine. Diese Frau, die sich in den friedlichen, stillen zwölf Jahren ihrer Witwenschaft ein so glänzendes, frisches Aussehen bewahrt, hatte binnen kurzem den jugendlichen Schein, der ihrer Reife so viel Reiz verliehen, völlig verloren. Heute würde man sie für viel älter gehalten haben, als sie in der That war.

Während die Baronin Handschuhe, Kopfbedeckung und Mantel ablegte, fühlte sich Edmee, die schweigend vor dem Kamin stand, von innigstem Mitleid ergriffen. Dahin also brachte ein Leben voll Vergnügungen und Festlichkeiten diejenigen, welche sich ihm leidenschaftlich Hingaben! Sie wurden arme, verwelkte, gebrechliche Wesen, die mit ihrer Gesundheit und ihrer Schönheit die aufreibenden Anforderungen eines Daseins bezahlten, das härter ist als irgend eine Berufsart, weil jene Müßiggänger größere Anstrengungen machen müssen, um sich umzubringen, als die Arbeitsamen, um zu leben.

Betroffen über das Schweigen ihrer Tochter, wendete sich Frau von Ayères ihr zu und sagte, als sie deren Augen starr auf sich gerichtet sah, mit erzwungenem Lächeln: »Du findest mich ein wenig verändert, nicht wahr? Ich war in der letzten Zeit leidend, die Seeluft bekam mir schlecht. Die Ruhe des Landlebens wird mich wiederherstellen ... Komm doch ein wenig her zu mir, mein Kind ... Wie groß und stark du geworden bist! ... Der Baron hat recht: du bist kein kleines Mädchen mehr, du bist schon ein Fräulein ... Freut es dich, mich wiederzusehen? Komm, gib mir einen Kuß! ...«

Bei diesen liebevollen Worten strömte Edmees von Thränen geschwelltes Herz über, die schmerzliche Spannung der Nerven löste sich, sie warf sich mit einem leisen Ausruf in die Arme ihrer Mutter, lehnte den Kopf an deren Schulter und begann zu weinen.

»So beruhige dich doch, Kind!« sagte die Baronin, auf die Edmees Aufregung einen tiefen Eindruck machte. »Wunderliche Kleine! Sie weint, wenn ich abreise, und auch, wenn ich zurückkehre!«

Edmee schüttelte das Haupt und sagte, unter Thränen zu ihrer Mutter aufblickend: »Heute sind es andre Thränen.«

Liebkosend strich die Baronin mit ihren abgemagerten Fingern über den schwarzen Scheitel ihrer Tochter, trocknete ihr die Augen mit ihrem Spitzentuch, und wahrend sie dieselbe noch immer umschlungen hielt, fragte sie: »Da wirst also jetzt vernünftig sein? Wirst mir keinen Kummer mehr bereiten? Du weißt doch, was ich sagen will, nicht wahr?«

Und als das junge Mädchen den Mund öffnete, um zu antworten, verschloß sie ihr diesen mit der Hand und fuhr mit bittendem Blicke fort: »O, nur keine Auseinandersetzungen, keine Rückblicke! ... Ich bitte dich! ... Ich bin nicht sehr stark ... verschone mich ... und komme meinen Wünschen entgegen, ohne mir den Schmerz aufzuerlegen, es von dir fordern zu müssen ... Ich werde dir dafür sehr dankbar sein und dich sehr lieb haben! ... Es war dies meine einzige Sorge, als ich hierherkam, mein Herzchen! Ich sehnte mich, wieder in Croix-Mort zu sein, dich wiederzusehen, aber ich fürchtete ... Nun denn, sage mir jetzt, daß ich mit meiner Besorgnis unrecht hatte, und daß derjenige, der heute mit mir hierherkam, dir willkommen ist, und daß du ihm ein freundliches Gesicht zeigen wirst ... Mehr verlange ich nicht von dir ... Bloß eine einfache Neutralität ... Du hast einen starken Charakter, lege dir daher diese Pflicht auf ... Du wirst damit für meine Gesundheit und meine Ruhe alles gethan haben, was ich von einem so lieben Kinde, wie du es bist, erwarten darf.«

Die Baronin war während des Sprechens in Erregung geraten. Eine leise Röte bedeckte ihre Wangen, ihre Augen glänzten, sie hielt die Hände ihrer Tochter krampfhaft fest und mehr als ihre Worte flehten ihre Blicke; sie lag moralisch auf den Knieen vor ihr. Edmee fühlte, wie die arme Frau heftig zitterte; sie las die Angst aus ihren Zügen und ahnte, daß dies klopfende Herz einen Abgrund von uneingestandenem Weh in sich berge. In diesem Augenblicke schwand all ihr Groll dahin, und nur ein unendliches Mitleid und liebevolles Erbarmen verblieb in ihrer Seele für ihre Mutter, von der sie nun wußte, daß sie wirklich unglücklich sei. Ihr männlicher Geist faßte den Entschluß, sie zu trösten, zu verteidigen. In ernstem Tone erklärte sie: »Fürchte nichts, ich bin bereit zu allem, was du wünschest. Wenn du in Zukunft Kummer haben solltest, so wird er nicht von mir kommen, und du kannst sicher sein, in mir stets ein ergebenes, folgsames Kind zu finden.«

»O, mein Kind,« rief Frau von Ayères, »wie danke ich dir! Welche Last nimmst du von meinem Herzen! ... Sage auch, daß du mich lieben wirst; ich bedarf dieser Liebe ...«

Edmee warf ihr einen Blick zu, der ihr bis in die Seele drang, und da sie sie unruhig die Blicke wegwenden sah, wie um ein Geheimnis zu verbergen, sagte sie: »Ja, Mama, ich werde dich lieben.«

Aber schon fing die Baronin, vielleicht der Leichtfertigkeit ihres Geistes folgend, vielleicht von dem Wunsche erfüllt, den Verdacht ihrer Tochter abzulenken, lebhaft zu plaudern an: »Wir erwarten morgen Gäste, wie ich dir in meinem Briefe angezeigt. Amüsante Menschen, die mehrere Tage bei uns bleiben werden ... Man braucht auf dem Lande ein wenig Anregung ... Jetzt ist die Jagdsaison, und ganz Paris weilt auf den Schlössern ... Vor Januar kehrt man nicht zurück ... Wir werden demnach Zeit haben, uns auszuruhen ... Ich bin gewiß, daß unsre Freunde dir gefallen werden! O, die lassen keinen Trübsinn zu; du sollst sehen, da werden die Pferde nicht zur Ruhe kommen, die Klaviere nie schweigen, die Tafeln stets besetzt sein! ... Reiten, essen, tanzen, und mit welchem Eifer, welchem Feuer, welcher Hingabe! ... Es wird reizend sein! ...«

Sie setzte sich ganz außer Atem nieder, als habe sie eben alle Vergnügungen genossen, die sie aufgezählt, und wiederholte: »Reizend! ... Reizend! ...«

Edmee fand kein Wort der Erwiderung, sie war völlig fassungslos über diesen unvermittelten Uebergang von tiefer Betrübnis zu solchem Frohsinn, der ihr den Eindruck machte, als ob die Gedanken ihrer Mutter in buntem Durcheinander umherwirbelten, wie die bunten Glasstücke eines Kaleidoskops. Sie fragte sich, ob die arme Frau vielleicht den Verstand verloren habe, oder ob sie bloß, von den bei der Rückkehr in ihr Haus empfundenen Gemütsbewegungen überwältigt, sich zu zerstreuen suche.

»Ich finde, daß du recht ärmlich gekleidet bist,« hub Frau von Ayères mit großer Zungengeläufigkeit wieder an. »Hast du nichts Hübscheres zum Anziehen? Ach, ich hätte diesem Mangel vorbeugen müssen, mein Liebling, und dir vor meiner Abreise aus Paris einige Toiletten bestellen sollen ... Ich habe gar nicht daran gedacht ... Glücklicherweise sind wir von gleichem Wuchse ... Du wirst in meinen Koffern etwas Passendes finden ... Ich habe Anzüge, die ich noch nicht getragen und welche dich gewiß vorzüglich kleiden werden ... Ich wünsche, daß du möglichst hübsch aussiehst.«

Während des Gespräches hatte die Baronin ihren Anzug gewechselt und ein schwarzes, kostbares Kleid angelegt. Den Busenausschnitt sollte ein Strauß natürlicher Blumen schmücken, den die Kammerjungfer eben gebracht hatte. Sie nahm eine Rose aus demselben, trat auf ihre Tochter zu und wollte sie ihr ins Haar stecken.

Edmee wies sie zurück.

»Nein, ich bitte dich ... Lasse mich so, wie ich bin. Ich würde herausgeputzt aussehen und könnte dadurch nur verlieren.«

Die Tischglocke ertönte. Das junge Mädchen ergriff den Arm ihrer Mutter und beide stiegen in den Salon hinab. Herr von Ayères erwartete sie bereits, festlich gekleidet, wie für eine Abendgesellschaft: schwarzer Anzug und Lackschuhe, nur die schwarze Halsbinde deutete den intimen Charakter an. Die Thür des Speisesaals öffnete sich jetzt und ein Haushofmeister, der mit dem Gepäck aus Paris eingetroffen war, meldete in stolzer, feierlicher Haltung, voll ernster Würde, daß angerichtet sei.

Der Baron reichte Regine ceremoniös den Arm, Edmee folgte allein. Sie war von dem Lichterglanz, dem Funkeln der Silbergeräte, der Blumenpracht völlig befangen und fragte sich, ob sie nicht etwa träume. War dieser Saal derselbe, in welchem sie seit fast einem Jahre ihre Mahlzeiten einnahm, bloß von einer alten Magd bedient? Würde all dieser schimmernde Zierat nicht plötzlich verschwinden und sie wieder ihrer Ruhe und ihrer liebgewordenen Einsamkeit von gestern überlassen? Nichts rührte sich. Das Wunder war Wirklichkeit, und Edmee mußte sich gewöhnen, fortan in dieser Weise zu leben.

Ihre Mutter und der schöne Ferdinand saßen einander gegenüber, plauderten lebhaft und gaben sich den Anschein großer Heiterkeit, als wünschten sie damit ihre Gemütsruhe und Zufriedenheit an den Tag zu legen. Man fühlte indes den Zwang heraus, den sie sich auferlegten. Edmee dachte: Wenn sie allein sind, wechseln sie kein Wort miteinander. Diese gemachte Fröhlichkeit soll mir beweisen, daß liebevolle Vertraulichkeit zwischen ihnen herrscht. Bedauernswerte Schauspieler, die selbst hier am Familientisch vor einem Kinde ihre Rolle spielen!

Die Mahlzeit zog sich langsam hin, als wären zwanzig Gäste zugegen gewesen. Fräulein von Croix-Mort bemerkte, daß der Baron ungemein viel aß und trank. Den Kaffee lehnte er ab, weil man, wie er lachend sagte, auf dem Lande sei und frühzeitig zu Bette gehen und schlafen müsse. Er bestritt jetzt ganz allein die Unterhaltung. Frau von Ayères fühlte sich sehr matt, ihre Nerven hielten sie nicht mehr aufrecht und ihre erzwungene Laune verging wie Champagnerschaum.

Mit wahrer Erleichterung erhob man sich endlich. Die Fensterthüren des Salons standen offen. Es war eine milde, sternenglänzende Nacht. Traurig blickte Edmee zum Himmel empor. Alles war verändert in ihrem Leben, doch am Firmamente herrschte dieselbe Ordnung; dieselben Sterne, die während ihrer freundschaftlichen, friedlichen Unterhaltungen mit dem Pfarrer gefunkelt hatten, gossen auch heute milden Schein auf ihre Stirne herab.

Herr von Ayères hatte eine Cigarre angezündet und durchmaß die Terrasse mit regelmäßigen Schritten. Regine ging im Salon umher, ordnete die zierlichen Nippesgegenstände auf den Etageren und die Blumen in den Vasen, welche die Pfeilertischchen schmückten. Nach einer kurzen Weile schritt sie auf die Freitreppe hinaus und winkte ihren Gatten mit einer Handbewegung zu sich. Dieser kam ohne sonderliche Eile herbei, blieb auf der untersten Stufe stehen und hörte hier mit ziemlich verdrießlicher Miene, was Regine ihm sagte, nickte schließlich mit dem Kopfe als Zeichen der Einwilligung und warf seine Cigarre weg. Frau von Ayères begab sich hierauf in das angrenzende Gemach und setzte dort ihre Musterung fort, indes der schöne Ferdinand sich im Salon an einem Tische niederließ, ein Album zur Hand nahm und zerstreut in demselben blätterte. Edmee arbeitete mit niedergeschlagenen Augen an einer Häkelei, beobachtete aber trotzdem sehr genau das Gebaren des Barons, dank der kostbaren Gabe, welche die Frauen besitzen, nie besser zu sehen, als wenn sie gar nichts zu bemerken scheinen.

Herr von Ayères musterte aus der Ferne das Mädchen, wie ein Feldherr die feindliche Stellung, ehe er zum Angriff schreitet. Er fand Edmee in den wenigen Monaten sehr zu ihrem Vorteile verändert. Ihre magere Gestalt war voller geworden, die Schultern zeigten eine schöne Rundung und auf dem schlanken, feinen Halse saß ein kleines, stolzes Köpfchen, von einem Paar schimmernder Samtaugen erhellt. Unter ihrem schwarzen Haar blinkten allerliebste, rosige, wohlgeformte Ohren hervor, wahre Bijoux, die kein Goldreif entstellte. Ihre ein wenig von der Luft gebräunten Hände waren zart und fein, und ein schön geschweifter Fuß trat unter dem Rande ihres Kleides hervor. Mit einem Funken von Koketterie wäre sie bezaubernd gewesen; in ihrer Schlichtheit war sie anbetungswürdig.

Ihre Züge hatten noch immer denselben entschlossenen, fast drohenden Ausdruck, den er vor seiner Verheiratung an ihr wahrgenommen hatte. Er war sich bewußt, daß sie ihm eine stumme, aber hartnäckige Feindseligkeit entgegenbrachte, die sehr schwer zu besiegen sein würde. Doch schrak er keineswegs davor zurück, so leicht war er nicht einzuschüchtern.

Er erhob sich, als habe er einen Entschluß gefaßt, und ging auf das junge Mädchen zu. Sie sah ihn den Salon durchschreiten und herankommen. Eine heftige Erregung ergriff sie, indes er lächelnd sein Auge auf ihr ruhen ließ. Nun machte sie eine rasche Bewegung, um aufzustehen und zu entfliehen. Aber schon war er an ihrer Seite und verbeugte sich mit achtungsvoller Ehrerbietung, sie blieb auf ihrem Platze, bleich, mit beklommenem Atem.

»Wollen Sie mir einige Augenblicke gewähren,« begann er, »und ohne Scheu mit mir plaudern?«

Er nahm auf einem Sofa an ihrer Seite Platz.

»Wir sind nun zurückgekehrt, Ihre Mutter und ich, zu Ihnen, in dieses Haus, dessen Namen Sie tragen ... Ich wäre glücklich, wollten Sie mich als Freund betrachten ... Sie haben mir viel zu verzeihen.

Ich weiß, daß ich in ein zartfühlendes, kindliches Herz, wie das Ihre, unwillkürlich Unruhe und Verwirrung brachte. Es würde mir sehr lieb sein, könnte ich dieses mein Verschulden wieder gut machen und Sie durch meine Anhänglichkeit vergessen lassen, daß mein Eintritt in Ihre Familie Ihnen Schmerz verursachte.«

Er sprach mit halbgeschlossenen Augen, als ob er befürchte, Edmee zu erschrecken, wenn er ihr voll ins Gesicht sähe. Sie hingegen ließ ihren Blick mutig auf ihm ruhen.

»Hat meine Mutter Sie bewogen, in dieser Weise mit mir zu sprechen?« fragte sie rund heraus.

Wohl fühlte er sich von der Schroffheit dieses Angriffs betroffen, doch geriet er keineswegs außer Fassung.

»Jawohl,« entgegnete er, »es ist in der That Ihre Mutter, die es ebenso lebhaft wünscht als ich selbst, ein gutes Einvernehmen zwischen uns walten zu sehen.«

»Sie hat an mich die gleiche Bitte gerichtet,« erklärte Edmee, »und ich habe mich aus Liebe zu ihr zu allem verpflichtet. Hat sie Ihnen das nicht gesagt?«

»Sie sagte mir, daß Sie sich ihr gegenüber gut und liebevoll erwiesen, und ich wollte Ihnen dafür danken.«

»Gut, das ist nun geschehen!«

Diese Worte klangen so scharf, daß er ein wenig errötete.

»Wollen Sie mir nicht,« fügte er hinzu, »die Hand reichen, als Zeichen unsrer Einigkeit?«

Fräulein von Croix-Mort zauderte einen Augenblick. Der ganze Widerwille, den sie gegen Ferdinand hegte, stieg ihr wie eine bittere Flut zu den Lippen empor. Sie hätte ihm am liebsten ein »Nein« ins Gesicht geschleudert, so beleidigend wie ein Schlag, aber sie sah, daß ihre Mutter sie bleich und angstvoll beobachtete. Sie gedachte ihres Vorsatzes, der armen Frau keinen Kummer zu bereiten; so wendete sie denn die düstere Stirn zur Seite und reichte ihm die Fingerspitzen. Er murmelte ein »Danke« und lächelte aus der Ferne Regine zu, wie um zu sagen: Du siehst, daß ich mich deiner Laune gefügt habe. Hierauf zündete er sich eine Cigarre an und begab sich wieder auf die Terrasse hinaus.

Regine umfaßte ihre Tochter, drückte sie zärtlich an sich, ohne durch ein Wort die Innigkeit dieser Danksagung zu verringern; dann stieg sie, auf Edmees Arm gestützt, nach ihrem Zimmer hinauf.

Als das junge Mädchen zögernd an der Schwelle stillhielt, sagte Frau von Ayères: »O, du kannst immerhin eintreten, du genierst mich nicht ... Der Baron wird im Turm wohnen.«

Die bezeichnete Wohnung lag auf der andern Seite des Schlosses. So hatte sich Edmee also nicht getäuscht, als sie eine Uneinigkeit zwischen den Gatten zu erraten glaubte. Sie waren in der That getrennt. Sie empfand darüber eine Erleichterung; der Gedanke, daß die beiden in diesem Hause ein gemeinschaftliches Leben führen sollten, hatte sie empört. Nun fühlte sie sich mehr geneigt, ihre Mutter zu lieben. Sie plauderte noch eine Weile, gab verschiedene Aufschlüsse über den Stand der Wirtschaftsangelegenheiten, schützte hierauf Müdigkeit vor und zog sich zurück.

In ihrem Zimmer angelangt, öffnete Fräulein von Croix-Mort, anstatt zu Bett zu gehen, das Fenster und blieb sinnend vor demselben stehen. Ein Sturm hatte sich erhoben und brauste mit großer Heftigkeit in dem Dickicht des Parkes. Sie vermochte jetzt nicht mehr den regelmäßigen Schritt des Barons zu vernehmen, der auf der Terrasse unter ihr immer noch auf und nieder wandelte; deutlich unterschied sie jedoch das glühende Ende der Cigarre, das wie ein roter Punkt erschien, und allmählich lösten sich ihre Gedanken los von allem, was sie umgab, und ihre Einbildungskraft trug sie aus dem Schlosse hinweg in weite Fernen.

In einem entsetzlichen Traumgebilde sah sie sich auf einer Barke und der rote Punkt schien ihr ein Leuchtfeuer zu sein. Voll Besorgnis fragte sie sich, was dieser Flammenschein zu bedeuten habe. Sollte sie ihn als Warnung gegen verborgene Klippen auffassen, an denen zu scheitern sie in Gefahr schwebte? Oder war im Gegenteil dieser bewegliche Feuerschimmer dazu bestimmt, sie irrezuführen und sie an gefährliche Felsen heranzulocken? In dem Rauschen der von der Windsbraut geschüttelten Baumkronen glaubte sie das Heulen des Meeres zu vernehmen. Die Täuschung nahm alsbald ihre Sinne völlig in Besitz, und mitten in der Finsternis, die, undurchdringlicher als das nächtliche Dunkel, ihre Seele umgab, war es ihr, als ob sie auf tiefen, dunklen Meereswogen ohne Mast und Steuer schwankend einhertriebe. Wo sollte sie landen? Wohin sich wenden? Auf wen durfte sie zählen, wer sollte sie verteidigen? Konnte etwa jene unglückliche Frau, ihre Mutter, die selber so schwach und wankelmütig war, ihr Hilfe leisten? Sie sah das hohnlachende Gesicht Ferdinands, beleuchtet von jenem roten Feuerschein, der sich hin und her bewegte, nach rechts und nach links, gleich jenen Feuerzeichen, welche die bretagnischen Strandräuber an den Köpfen der Rinder befestigen, die sie dann auf den Felsenklüften langsam hin und wieder führen, um die Schiffer irrezuleiten und an verborgenen Riffen scheitern zu lassen.

Sie ahnte, daß jener Mann einen unheilvollen Einfluß auf ihr Leben ausüben werde. In Todesangst bemühte sie sich, der Gefahr, die sie bedrohte, eine bestimmte Form zu geben. Umsonst; ein Dunkel, das sie nicht zu durchdringen vermochte, umnachtete ihr Denken; es blieb ihr alles unklar, verschlossen. Und so lag sie da, die Ohren von dem Brausen des Sturmes erfüllt, wachend und dennoch einem quälenden Traum machtlos anheimgefallen. Jetzt riß sie sich endlich los, strich mit der Hand über die Stirn, zwang sich, die Blicke auf eine bestimmte Stelle zu richten, um sich dem schmerzlichen Schreckbilde ihrer Phantasie zu entziehen, und es gelang ihr, das weiße, unbewegliche Steingeländer der Terrasse ins Auge zu fassen.

»Ich bin wahrhaftig nicht bei Sinnen, der Sturm muß mich betäubt haben,« murmelte sie. Dann schloß sie das Fenster, trat in die Stube zurück und begab sich zu Bette. Peinliche Gedanken hielten sie jedoch wach, sie konnte keinen Schlaf finden. Immer war es Ferdinand mit seinem heuchlerischen Lächeln, der nicht von ihr weichen wollte. Er sah sie von der Seite an, wie er es am Abend gethan. Und dieser Blick verdroß sie; es lag ein Ausdruck von Bewunderung darin, der ihr hassenswert dünkte. Er schien zu sagen: »Ich bin ja doch frei, es besteht kein Band mehr zwischen Ihrer Mutter und mir ...« Dann suchte sie zu ergründen, was wohl die beiden in so kurzer Zeit einander entfremdet hatte.

Was war während ihrer Abwesenheit zwischen ihnen vorgefallen? Das erschlaffte, gebrochene Wesen ihrer Mütter verriet die Spuren eines grausamen Kummers; sein Aussehen hingegen war sorglos, blühend, heiter. Er mußte mithin der Schuldige sein, aber ohne sich Vorwürfe zu machen.

Wie von Fieber gepeinigt, warf sich Edmee unruhig auf ihren Kissen umher, und erst als der anbrechende Morgen die Fenster erhellte, fand sie Ruhe.

Neuntes Kapitel

Was zwischen Frau von Ayères und ihrem Gatten vorgefallen, hätte ein weniger argloses Gemüt als das Edmees leicht erraten. Ohne gerade als großer Hexenmeister zu gelten, hätte man den beiden Gatten zur Zeit ihrer Vermählung das Horoskop stellen können.

Mit ihrer Reise nach Paris ging Regine dem Unglücke entgegen. Sie selber führte Ferdinand den gefährlichen Versuchungen in die Arme, stieß ihn wieder in den Strom des schlechten Lebens hinein, das er ehedem gelebt. Wie hätte er sich nicht hinreißen lassen sollen? Auf Schloß Croix-Mort, in der Unthätigkeit und Einsamkeit des Landlebens, war es ihm ein reizender Zeitvertreib, Regine zu lieben. In Paris, wo der Vergleich zwischen den jungen, eleganten Frauen und der achtunddreißigjährigen Provinzlerin schrecklich ausfiel, dachte er keinen Augenblick, ihr treu zu bleiben.

Die Baronin hatte sich zwar mit der ihrem Geschlechte eignen Klugheit vom ersten Tage an umgewandelt. Mit erstaunlicher Raschheit war sie eine andre geworden. Kleidung, Frisur, Sprache, Manieren – alles hatte sie während einer Woche verfeinert, und sie konnte sich nun der schärfsten Kritik aussetzen. Es gibt Provinzler in Paris, wie es Pariser in der Provinz gibt. Regine war sehr bald Pariserin geworden vom Scheitel bis zur Sohle und füllte ihren Platz in bester Weise aus. Ihr Gatte hatte sie in jene Kreise eingeführt, die, teils dem Adel, teils der Finanzwelt angehörend, das gelobte Land des Vergnügens bilden. Nirgends wird so sehr den Lustbarkeiten gefrönt, als in jenem auserlesenen Winkel, wo die Eleganz Königswürde genießt, der Reichtum die Gewalt besitzt und Dreistigkeit das Mittel ist, um alles zu erreichen.

Dort gewinnt der Schein stets die Oberhand über die Wirklichkeit, niemand geht den Dingen auf den Grund. Hütet man sich nur vor öffentlichem Skandal, so mag man im stillen thun und treiben, was man will, ohne daß jemand Schlimmes dabei findet. Man duldet nichts Offenkundiges, aber man gestattet alles Fragwürdige. Diese Gesellschaft besteht weder aus der Aristokratie, noch aus dem Bürgertum, sie ist eine Zusammensetzung von beiden, mit Künstlern, Politikern und ausländischen Millionären des weiteren ausgeschmückt; eine soziale Verbindung von Genußmenschen, welche den verschiedensten gesellschaftlichen Schichten angehören. Ihre Losung ist: Vergnügen.

In Paris finden diese Kreise täglich neue Sammelpunkte. Da gibt es stets eine Ausstellung, eine Versteigerung oder ein Konzert, Spaziergänge, Wettrennen, Theatervorstellungen oder Bälle, wo man in einer durch Gewohnheit gefestigten Vertraulichkeit miteinander verkehrt, sich begrüßt, sich liebt, einander zulächelt, sich Angenehmes sagt oder sich gegenseitig verlästert. Immer sind es dieselben Erscheinungen, die gleichen Unterhaltungen: ein Dasein, das sich glänzend und nichtig abspielt, wie die sich abrollenden Gazegewebe, mit denen man auf der Bühne die Wasserfälle darstellt.

Herr und Frau von Ayères wurden wegen ihres Reichtums, ihres angesehenen Namens und ihres guten Auftretens mit offenen Armen aufgenommen. Ferdinand hatte dort schon als Junggeselle große Erfolge gefeiert. Er kehrte jetzt siegreich zurück, umgeben von dem Nimbus einer in der Provinz geschlossenen guten Heirat, deren Glanz durch die Entfernung vergrößert wurde. Von den ersten Tagen an stürzte er sich in den dichtesten Strudel, und Regine folgte ihm.

Damals war ihr Leben so, wie es die an Edmee gerichteten Briefe schilderten: voll Aufregung, Abwechslung und Geräusch; eine fieberhaft eilige Reise durch ein Land ewiger Festlichkeiten, deren Haltestellen Paris, Nizza und Trouville gewesen und deren Ausgangs- und Endpunkt Croix-Mort war. Welche Anstrengungen und welche Uebermüdung! Regine hatten sie erschöpft, Ferdinand hatten sie neue Kräfte verliehen. Nach einigen Monaten mußte die Baronin darauf verzichten, gleichen Schritt mit ihrem Weggenossen zu halten, dessen Kraft sich in den Strapazen nur noch zu stählen schien. Sie ließ ihm die Freiheit, allein zu gehen, nur um das Recht zu haben, sich ausruhen zu dürfen.

Der schöne Ferdinand fand sich sehr gerne in die Stellung eines Ehemann-Junggesellen, Er hatte wahrlich niemals eine bessre gekannt; jetzt genoß er gleichzeitig die Vorteile der Ehe und alle Annehmlichkeiten der Freiheit. So hatte er es sich auch während der trübseligen Woche, die er vor seiner Verheiratung in dem kleinen Salon seines Schlosses sinnend verbrachte, geträumt. Das waren

Vorteile, die er bei der Heirat mit einem jungen Mädchen nie gefunden hätte.

Anfangs hatte er seiner Frau gegenüber Schonung und Rücksicht walten lassen. Er hielt seine Eroberungen geheim und that, als ob er Regine wie eine besorgte Mutter behandle, der man die leichtsinnigen Streiche ihres Sohnes verbergen müsse. Allmählich aber wurde er dieser drückenden Vorsicht müde und stellte kühn sein Glück zur Schau. Da entstanden denn Schwierigkeiten, welche seinen Triumphzug eine Zeitlang unterbrachen.

Liebe und Stolz empörten sich gleichzeitig in dem Herzen der Frau von Ayères. Sie hatte sich ausgeruht und strebte nicht mehr nach Ruhe um jeden Preis. Sie wollte ihre Nebenbuhlerinnen bekämpfen und sich ihren Gatten zurückerobern. Allein sie gelangte gar bald zu der Erkenntnis, daß sie ihn für immer verloren habe. Sie suchte Widerstand zu leisten, ließ sich vom Zorne hinreißen und wollte Rache nehmen. Dieses Verfahren hatte indes üble Folgen. Sie lernte Ferdinand von einer Seite kennen, von deren Vorhandensein sie nicht die leiseste Ahnung gehabt. Die Worte, die sie von ihm vernahm, gehörten zu jenen, die das Herz grausam verwunden und unauslöschliche Spuren in demselben zurücklassen. Ein Anfall von Verzweiflung erfaßte sie; schon dachte sie daran, sich nach Croix-Mort zu flüchten, doch ein Rest von Klugheit hielt sie zurück.

Sie ermaß jetzt klar die ganze Tragweite der Thorheit, die sie begangen hatte. Ohne sich wie ehemals von ihren empfindsamen Betrachtungen, denen sie sich sonst so gerne hingegeben, beirren zu lassen, erwog sie kalt die Sachlage und sah ein, daß, nachdem sie nun einmal die Dummheit begangen hatte, einen Mann wie Herrn von Ayères zu heiraten, sie eine noch viel größere begehen würde, wollte sie sich jetzt von ihm trennen. Es gab kein andres Heil für sie als in einem verständigen Sichfügen in ihr Unglück. Sich den Anschein geben, als ahne sie nicht, daß sie betrogen werde, ihre Nebenbuhlerinnen empfangen und ihnen ein freundliches Gesicht zeigen, das mußte sie sich zur Lebensregel machen. Wenn sie in der Einsamkeit der stillen Nächte weinte, so war dies ein Geheimnis, das sich nur durch den Verfall ihrer körperlichen Kräfte verriet. Aeußerlich setzte sie das frühere Leben fort, doch nicht mehr aus Neigung, sondern aus Klugheit.

Endlich aber fühlte sich der schöne Ferdinand, nachdem er viel gelebt und viel geliebt hatte, plötzlich von Ueberdruß ergriffen. Mit Betrübnis ward er inne, daß er nicht mehr die geringste Erregung empfand, wenn er einen neuen Liebeshandel anknüpfte. Früher hatte ihn der Reiz der Abwechslung angelockt, er hatte ein noch nie Dagewesenes zu finden erwartet, jetzt wußte er, daß es nichts Neues mehr für ihn gab. Er, der in diesen glänzenden, verderbten Kreisen seit zwanzig Jahren lebte, der sich dort zweimal ruiniert, d.h. zweimal Gelegenheit gehabt, die Größe des Egoismus und die Tiefe der Undankbarkeit zu ermessen, war heute vollständig blasiert. Alt, trotz seiner blonden Haare, mit einem empfindungslosen, toten Herzen, trotz des gesunden, kräftigen Körpers, war er ein Stück Faust, niedriger und moderner freilich, aber ebenfalls bereit zu allem, zum Bund mit der Hölle selbst, um sich irgend einen neuen Lebensreiz zu erkaufen, ein Verlangen, das ihn erregen, eine Leidenschaft, die ihn noch einmal hinreißen könnte. Keine noch so jugendfrische Reinheit und Unschuld würde ihm dann heilig sein.

Er war am absoluten Skepticismus angelangt, glaubte an nichts, als an sein Vergnügen und setzte vermessen sein Selbst über alle Dinge und alle Wesen. Die Menschheit schien ihm bloß seiner Befriedigung wegen geschaffen, und seine Laune war ihm die Gottheit, der er alles opferte. Er hatte einen besondern Codex, dessen einzige Vorschrift dahin lautete, nichts zu thun, was der Ehre zuwider sei; sein Begriff von Ehre hatte aber mit der Rechtschaffenheit nichts Gemeinsames. Er maßte sich das Recht an, sehr sträfliche Handlungen zu begehen, indem er sie leichten Sinnes als liebenswürdige Kleinigkeiten hinstellte.

In dem fieberhaften Treiben seines Pariser Lebens war es ihm gelungen, sich zu betäuben; er hatte keine Zeit, über sein Dasein nachzudenken.

In Croix-Mort begann die Einsamkeit schon nach einigen Stunden auf ihn zu wirken. Er fand sich endlich allein mit sich selbst. Kein Wirbeln parfümierter Damenkleider zerstreute sein Auge, kein Gesumme pikanter Gespräche drang an sein Ohr. In seinem Gesichtskreise lag jetzt nur der stille Himmel und die dunkle Linie der großen Bäume des Parkes, und rings umher tiefes, ernstes Schweigen, das ihn zum Nachdenken stimmte.

An all diese Dinge hatte er jetzt gedacht, als er, auf der Terrasse hin und her wandelnd, den Rauch seiner Cigarre in die Luft blies. Ein düsteres, wehmütiges Gefühl ergriff ihn bei dem Anblick dieses Schlosses, in welchem er Monate zubringen sollte. Und nur Edmees Bild, das unwillkürlich in seiner Seele auftauchte, warf einen hellen Schein in das traurige Dunkel. Sie aber haßte ihn, er war sich dessen wohl bewußt, und sie machte ja auch kein Geheimnis aus ihrer Abneigung.

Während er mit regelmäßigen Schritten seinen Spaziergang auf dem knirschenden Sande fortsetzte, unterhielt er sich damit, in die Vergangenheit zurückzukehren und sich sein Leben anders auszumalen. Warum hatten ihn die Schönheit und der Reiz dieses Kindes nicht berührt, als er das erste Mal nach Croix-Mort gekommen? Warum hatte er bloß Regine bemerkt? Wie anders wäre es gewesen, wenn er sich in Edmee verliebt und diese geheiratet hätte! Statt seiner Frau, die mit einemmal alt geworden war, wie ein morsches Gemäuer, das plötzlich einstürzt, würde er jetzt eine junge Gefährtin haben, die mit ihm gleichen Schritt halten könnte und ihn nicht allein, müde und überdrüssig zurückgelassen hätte. Er würde vielleicht Kinder bekommen haben. Kinder! Kleine, frische, rosige Geschöpfe, zwitschernd wie die Vögel, mit runden, weichen Händchen, die so süß zu liebkosen verstehen! Wer weiß, ob die Vaterfreude sein verwelktes Herz nicht wieder neu hätte erblühen lassen?

Damit war es nun vorbei! Von seinen bösen Gewohnheiten, seinen Leidenschaften hingerissen, war er stets achtlos an dem ruhigen, erlaubten Glücke vorübergegangen. Er hatte von der Liebe stets nur Vergnügen begehrt. Jetzt mußte er sich voll Bitterkeit gestehen, daß auch diese Freuden ihm vergiftet schienen und daß ihm nur Widerwille und Ekel verblieben waren.

Während er bis Mitternacht draußen im Dunkeln am Rande des regungslos daliegenden Teiches verweilte, suchte er den verzweifelten Schmerz, der in seinem Innern wühlte, zu beschwichtigen, und bemühte sich, vernünftig zu denken, fand jedoch statt der Beweisgründe nichts als Lästerungen.

Nach der ruhelosen Nacht, die Edmee verbracht hatte, erwachte sie erst, als sie den Rechen des Gärtners auf dem Sande der Terrasse knistern hörte und die Sonne bereits hell ins Zimmer flutete. A-engstlich blickte sie nach der Uhr, die auf die achte Stunde wies. Die Ermüdung vom Abend zuvor hatte sie länger schlafen lassen, als es ihre Gewohnheit war. Hastig kleidete sie sich an und eilte hinab, um zu sehen, ob der Dienst im Hause sich ordnungsmäßig vollziehe. Das Schloß lag noch in tiefem Schweigen, nur die Fenster des Herrn von Ayères waren schon geöffnet. Er selbst erschien auch alsbald und Edmee sah ihn auf sich zuschreiten. Mit vertraulicher Freundlichkeit redete er sie an: »Ich bemerke, daß wir die einzigen sind, welche die frische Morgenluft lieben. Ihre Mutter ist von der Reise ein wenig angegriffen und dürfte noch kaum aufgewacht sein ... Ich ließ gestern dem Waldhüter sagen, er möge heute vor dem Frühstück kommen; ich will mich mit ihm besprechen und die Ordnung für die morgige Jagd festsetzen ... Jagen Sie, Edmee?«

Zum erstenmal nannte Herr von Ayères Fräulein von Croix-Morit bei ihrem Taufnamen. Diese Freiheit, die er sich herausnahm, mißfiel dem jungen Mädchen. Sie zog die Brauen zusammen und gab ein kurzes »Nein« zur Antwort.

»Einige von den Damen, die wir heute abend erwarten, fürchten sich nicht vor einem Flintenschuß ... Ich glaubte, daß Sie die Jagd liebten ... Ihre Mutter erzählte mir, daß Sie ehemals sehr gerne die Wälder durchstreiften in Gesellschaft jenes Bären, jenes Billet ...«

Fräulein von Croix-Mort heftete bei diesen Worten einen festen Blick auf Herrn von Ayères.

»Es ist wahr, daß Billet, als ich noch ein Kind war, sehr gut gegen mich gewesen und daß ich ihm nicht von der Seite wich. Er ist ein sehr ergebener Diener unsrer Familie. Sein Vater ist in unsern Diensten gestorben, und ich wäre Ihnen sehr verbunden, wenn Sie ihn gütig behandeln wollten ... Wenn Sie ihn in seiner Thätigkeit kennen lernen werden, bin ich überzeugt, daß Sie ihn schätzen werden.«

»Dafür genügt Ihr Wunsch,« erwiderte Herr von Ayères ungezwungen. »Er ist Ihr Liebling. Unter diesem Titel wird er mir heilig sein.«

Er that einige Schritte vorwärts und sagte: »Ich gehe bloß bis ans Ende des Teiches, wollen Sie mich begleiten?«

»Entschuldigen Sie, ich will mich zu Mama begeben, um zu sehen, ob sie nichts nötig hat.«

»Das ist recht.«

Er grüßte sie mit einer freundlichen Gebärde und entfernte sich. Ihre Blicke folgten ihm einen Augenblick. Er schritt in gefälliger, stattlicher Haltung dahin, und die mächtige Breite seiner Schultern hob sich von dem Grün des Dickichts ab. Er sah in der That merkwürdig jung aus. Welch ein Unterschied zwischen der leidenden Regine, die so zart, so schwach war, und diesem Manne, der von Gesundheit strotzte! Edmee stieß einen Seufzer aus, indem sie der traurigen, bitteren Zukunft gedachte, der ihre Mutter entgegenging. Schmerzlich bekümmert trat sie ins Schloß zurück.

Sie fand Frau von Ayères, durch einen guten Schlaf gekräftigt, in sehr heiterer Laune, die ihr alles in rosigem Lichte erscheinen ließ. Die herrliche Ruhe auf Croix-Mort konnte nicht genugsam von ihr gelobt werden. Kein Geräusch unter den Fenstern, keine nächtlichen lärmenden Auftritte, kein Wagengerassel. Das tiefe Schweigen hatte sie sogar anfangs gestört, jetzt aber genoß sie es voll köstlichen Behagens. Sie hatte bereits unter ihren Juwelen eine Auswahl für Edmee getroffen, und breitete nun reizende Schmucksachen vor ihrer Tochter aus. Auch mit Kleidungsstücken aus ihren Schränken wollte sie sie jetzt bedenken. Edmee weigerte sich, etwas zu nehmen: sie wünschte so zu bleiben, wie man sie am ersten Abend gesehen hatte. Um jedoch ihre Mutter nicht zu kränken, nahm sie ein goldenes, mit Rubinen und Saphiren besetztes Armband, welches Regine einst von Herrn von Croix-Mort erhalten hatte. Dieses Armband war für das junge Mädchen eine Erinnerung aus der Kindheit. Sie hatte sich hundertmal damit geschmückt, wenn sie vor dem Spiegelschrank die große Dame spielte. Sie legte es jetzt mit frommer Rührung an und dankte, als ob es sich um einen großen Schatz gehandelt hätte. Von den Toiletten nahm sie keine einzige an, da sie dieselben sämtlich zu auffallend fand.

»Ich habe ein weißes Mousselinkleid, das mir nicht allzu schlecht steht,« meinte sie; »ich denke, daß es mir genügen wird.«

»Ich wünsche aber, daß du ganz besonders vorteilhaft gekleidet seiest,« erklärte Regine mit Nachdruck.

Diese Worte fielen Edmee auf. Mit fragendem Blick sah sie ihre Mutter an. Hierauf gestand diese nach langen Umschweifen, daß sich für ihre Tochter vielleicht jetzt Gelegenheit zu einer günstigen Verheiratung bieten könnte. Sie wollte sie nicht beunruhigen, sagte nicht, daß sie eine bestimmte Wahl getroffen, sondern meinte nur, daß unter der großen Menge junger Leute, die nach Croix-Mort kommen sollten, sich vielleicht einer finden könnte, der eine passende Partie wäre, und den dürfe man dann nicht durch eine aller Anmut entbehrende Einfachheit zurückschrecken.

Diese so unvorbereitet gemachte vertrauliche Mitteilung versetzte Edmee in höchste Angst und Aufregung. Sie glaubte Ihre Sicherheit ernstlich gefährdet. Ihre Mutter bemerkte diese Angst, die sich in ihren veränderten Gesichtszügen ausdrückte, und fragte sie lachend, ob ihr denn die Aussicht, sich zu verheiraten, so beunruhigend erscheine. Edmee schüttelte den Kopf, als wollte sie die peinlichen Gedanken verscheuchen, die ihre Stirn umdüsterten, und ohne an die grausame Tragweite ihrer Worte zu denken, sagte sie langsam: »Wie sollte ich mich darüber nicht beunruhigen? Weiß ich denn nicht, wie man sich täuschen kann und wie man darunter leidet?«

In einem einzigen Augenblicke warf Frau von Ayères einen Rückblick auf ihr eignes Thun, und ihr verfehltes, gebrochenes Leben breitete sich in seinem ganzen Elende vor ihrer Seele aus; sie begriff, daß die durchdringenden Blicke ihrer Tochter auf dem Grunde ihres Herzens gelesen hatten. Mit feuchten Augen und bebenden Lippen schrie sie auf: »Edmee!«

Gedrängt von jener leidenschaftlichen Lebhaftigkeit, die einen der vornehmsten Reize ihres Wesens bildete, eilte Edmee auf ihre Mutter zu und bat sie unter herzlichen Küssen um Vergebung.

Die arme, stolze Regine, die sich von der Antwort ihrer Tochter schwer getroffen gefühlt, wollte jetzt versuchen, diese irrezuführen. Sie beteuerte ihr, daß sie glücklich sei und nichts zu bereuen habe. Herr von Ayères sei ein musterhafter Gatte, voll zarter Aufmerksamkeit und ritterlicher Rücksichtnahme.

Edmee gab sich den Anschein, diese Erklärungen für wahr zu halten, entfernte sich jedoch alsbald, um nicht länger heucheln zu müssen, und weil sie sich sehnte, allein zu sein.

Sie flüchtete sich in ihr Atelier und bemühte sich, ihre Gedanken zu klären und zu ordnen. Ihre Mutter hegte demnach die Absicht, sie frühzeitig zu verheiraten und ihr schon jetzt einen Gatten auszuwählen, ohne Zweifel einen Mann aus ihrem Gesellschaftskreis, das heißt nach dem Muster des Herrn von Ayères, der ihr wohl der Inbegriff aller äußerlichen Vollkommenheiten dünken mochte – denn sie hatte ihn geheiratet – und aller moralischen Vorzüge, da sie so begeistert sein Lob verkündete. Edmee zitterte vor Zorn. Sie war tief bewegt von Mitleid für die bedauernswerte Frau, sie hatte ihr mehr Zuneigung gezeigt, als sie in Wirklichkeit empfand, aber sie fühlte sich zu jedem Widerstande stark genug, wenn man sich anmaßen sollte, ihr Geschick gegen ihren Willen leiten zu wollen. Ein zweiter Ferdinand in der Familie würde wahrhaftig zu viel sein; sie konnte den Gedanken nicht ertragen, an das Leben eines solch leeren, unnützen Wesens geknüpft zu sein, wie es dieser schöne Mann war.

Zudem, weshalb sie verheiraten? War sie jetzt nicht ruhig, frei, glücklich? Empfand sie etwa ein Verlangen, sich auch ihrerseits in den Feuerofen von Paris zu stürzen, der Herz und Gehirn ausdörrt? War das Leben dieser Weltmenschen, der neuen Freunde ihrer Mutter, beneidenswert? Und mußte man nicht, um es zu führen, sich unter das blöde, drückende Joch der Mode beugen, deren Anforderungen als erstes, höchstes Gesetz anerkennen?

An dem hohen Fenster stehend, sah sie die dichten Baumgänge des Parkes grünend, schweigsam und friedlich sich vor ihr ausdehnen. In dem großen Teiche spiegelte sich der Himmel mit seinem Azurblau und seinen leichten Wölkchen wider, und die weißen Schwäne glitten stolz über die frische, klare Wasserfläche. Glich sie nicht auch ihnen? Besaß sie nicht auch deren Scheu, ihre Reinheit, ihren Stolz? War ein reines, frisches Element nicht ebenfalls die Grundbedingung ihrer Existenz? Dieses Bild, das sich in dieser Stunde der Unruhe und Besorgnis ihrem Blicke darbot, dünkte ihr eine himmlische Mahnung. Nein, sie, das Kind des Waldes und der Fluren, würde sich ihrer Heimat nicht berauben lassen; die an freie Luft gewöhnte Pflanze müßte in der erstickenden Atmosphäre des Treibhauses hinsiechen und verschmachten.

Nachdem sie den festen Entschluß gefaßt, sich ihre Freiheit zu wahren, fühlte sie sich um vieles ruhiger. Die übrige Zeit des Tages verbrachte sie in Gesellschaft ihrer Mutter, mit der sie im Parke, am Strande der Divonette lustwandelte. Die Baronin nahm wieder Besitz von ihrem stillen, lieben Croix-Mort, erfreute sich der milden Luft und des hellen Lichtes und stärkte sich zum Widerstande gegen die Aufregungen, welche mit der Ankunft der erwarteten Gäste von neuem bevorstanden.

Während dieser wenigen Stunden gehörte ihre Mutter ihr mehr an, als es jemals der Fall gewesen, und Edmee fühlte sich hochbeglückt. Doch gegen fünf Uhr fing das Gesellschaftsfieber wieder an, sich der Baronin zu bemeistern, was sich in der Ungeduld äußerte, mit welcher sie die Rückkehr des Wagens erwartete, der schon vor mehreren Stunden nach dem Bahnhofe gefahren war, und in dem wiederholten Hinaustreten auf die Freitreppe, um die Allee entlang zu blicken, die nach dem Schlosse führte.

Endlich gegen sechs Uhr ließ sich ein Wagenrollen vernehmen, und die Schellen der Pferde klingelten lustig, als sollten sie ein Fest verkünden. Der schöne Ferdinand, der sich seit dem Frühstück nicht gezeigt hatte, eilte strahlend herbei, und während die Kutsche in einer Staubwolke anhielt, kamen heiter erregte Gesichter zum Vorschein und stürmische Begrüßungen wurden von allen Seiten laut.

Frauen in zierlichem Reisekostüm stiegen flink aus, indem sie ihre seidenen Strümpfe in einer Flut weißer Röcke zeigten. Die Männer, eine Blume im Knopfloch, folgten. Man umarmte sich, tauschte Händedrücke, wobei die Armbänder geräuschvoll klirrten. Fräulein von Croix-Mort, die allein beiseite stand, sah wie das Schloß sich mit fröhlichen Eindringlingen füllte, welche die Treppen, Zimmer und Salons in Beschlag nahmen, mit munterem Lärm und Lachen, welches die alten Mauern erstaunt widerhallten. Edmee fühlte, daß sie von diesem Augenblicke an in ihrem eignen Hause eine Fremde geworden war.

Zehntes Kapitel

Die zwei Monate nach der Ankunft der ersten Gäste, denen viele andre folgten, da die Geladenen serienweise erschienen, machten Edmee den Eindruck eines Traumes. Es war ihr, als habe sie geschlafen, und als wäre inzwischen der ganze Zug dieser neuen Gesichter auf einer für diese Gelegenheit errichteten Bühne vorübergewandelt. War doch das Schloß, in welchem sie erzogen worden, kaum wiederzuerkennen, so sehr hatte es seinen Anblick verändert.

Während sechzig Tagen hatte das Getümmel, der Lärm, die fieberhafte Aufregung kein Ende genommen, und selbst die leblosen Dinge waren davon ergriffen worden. Wie durch Zauberei, fanden sich die Möbel, je nach der Laune der augenblicklichen Bewohner von Croix-Mort, an verschiedene Orte versetzt. So war das Klavier nacheinander in alle vier Ecken des Salons geschleppt worden.

Vom Morgen bis zum Abend war alles auf den Füßen; es wurde geritten und gejagt, man ging spazieren, plauderte, sang und tanzte oft bis zwei Uhr morgens, nachdem man den ganzen Tag über Wald und Flur durchstreift hatte, kurz, man genoß alles, nur Ruhe gönnte man sich nicht. Diese Leute mußten von Eisen sein, um ein derartiges Leben aushalten zu können, und Edmee begriff, daß ihre Mutter in einem Jahre dabei Schönheit, Frische und Gesundheit eingebüßt hatte und aussah, als ob sie davon bis ans Ende ihrer Tage ermüdet sein müsse.

Uebrigens hatte Regine keinen selbstthätigen Anteil mehr an den Belustigungen der fröhlichen Gesellschaft genommen. Sie folgte aus der Ferne im Wagen, wenn die andern ausritten; saß, wenn die andern tanzten, und hörte zu, wenn sie sangen oder plauderten. Denn schließlich waren nicht alle nur glänzende, überflüssige Marionetten. So tauchte in Edmees Gedächtnis aus dem dichten Nebel, in den die Erinnerung an jene Tage ihr gehüllt schien, die Gestalt einer reizenden, brünetten Frau empor, einer vollendeten Künstlerin mit Augen gleich schwarzen Diamanten, die, von dem großen Komponisten Roudaire, dem Schöpfer der » Bohémiens« begleitet, zu singen pflegte. Sie hörte, wie die beiden, von Begeisterung getragen, von einer heiligen Flamme durchglüht, einst das herrliche Duett gesungen hatten:

»Zigeuner wandert kreuz und quer, Wie's im lustigen Blut ihm liegt. Sein feurig Lieben wiegt nicht schwer, Gleicht dem Vogel, der singt und entfliegt,«

Sie vernahm die wundervolle Stimme Roudaires, die mit warmen, leidenschaftlichen Tönen an ihr Ohr drang, während die Triller der Sängerin hell und rein wie Perlen hervorquollen. Sie sah die breite Stirn, den ergrauenden Bart des Musikers und seine Augen, die, wie im Schauen einer Vision, starr an der Decke hafteten.

Da überkamen sie Zweifel. Von den herrlichen Musikklängen entzückt, mußte sie sich die Frage stellen, ob diese Männer und Frauen, welche ihre Kräfte in einem Dasein voll Vergnügungen vergeudeten, nicht eigentlich die wahren Weisen wären, indem sie sich durch ihren Verkehr mit hervorragenden Künstlern köstliche Genüsse verschafften. Ein Augenblick ruhiger Ueberlegung genügte ihr jedoch, um zu begreifen, daß jene bezaubernden Talente nur Wandervögeln gleich sich für wenige Stunden den glänzenden Kreisen beigesellten, um alsbald wieder zur stillen Arbeit zurückzukehren. Ihnen war heitere Zerstreuung, was für die andern Lebenszweck wurde.

Nachdem diese Gäste, die nur auf einen Tag gekommen waren, sich wieder entfernt hatten, und ihr Nimbus, der, solange sie anwesend waren, alle diese Lebemenschen in bewundernde Ruhe gebannt hielt, seine Wirkung verloren, begannen die Reitausflüge in den großen Waldalleen wieder und rote Jagdröcke und blaue Reitkleider belebten deren dunkles Grün. Der Klang des Waldhorns rief zum *rally-paper*, auf dem Rasen der Kreuzwege wurde der Lunch eingenommen, bei dem der Champagner reichlich floß.

Und frohes, lustiges Lachen erklang allenthalben, das den Frieden der Holztauben in den Baumgipfeln störte. Hin und wieder wurden auch Treibjagden gehalten, bei denen das Gewehrfeuer knatterte, wie bei einem Manöver. Und Billet, in seiner grünen, rot passepoilierten Uniform, eilte mürrisch, zornig, rufend hinter den Treibern her, die ungeschickt wie »eine wahre Viehherde« das Wild durchbrechen ließen, statt es den Gästen des Herrn Barons vor den Schuß zu bringen.

Abends waren zwanzig Personen bei Tisch, die Herren in weißer Krawatte, die Damen dekolletiert. Der große Speisesaal strahlte im

Lichterglanze, die Silbergeräte schimmerten, ein Duft von köstlichen Gerichten und feinen Weinen füllte den Raum, und die Diener wandelten schweigend, in ernster Haltung hin und her. Später, um den ermüdenden Tag zu beschließen, kam die Reihe an den Tanz, der die schönen, geschmückten, fröhlichen Tänzerinnen in die Arme ihrer Kavaliere führte, die mit unermüdlichen Beinen walzten und mit verliebten Blicken lächelten. Im kleinen Salon spielten die Ehemänner chinesisches Bézique oder ein andres Spiel und bekämpften sich in aller Ruhe, indes die jungen Leute ihren Frauen Schmeicheleien sagten.

Inmitten dieser Aufregung, dieses Tumultes ging Edmee still einher, war in allem die Stütze ihrer Mutter, benahm sich höchst zurückhaltend, tanzte nicht und wurde von allen zwar höflich, aber mit Gleichgültigkeit behandelt, wie eine Person von untergeordneter Bedeutung. Sie suchte sich dem allgemeinen Taumel zu entziehen, dem ewigen Kommen und Gehen, und ließ den brausenden Strom vorbeiwallen, ohne sich von ihm fortreißen zu lassen. Das Schloß schien ein vornehmes, modernes Hotel geworden zu sein. Jeden dritten oder vierten Tag wechselten die Gesichter, und man konnte hier nacheinander die verschiedensten Accente hören. Eines schönen Novembermorgens schien indes plötzlich die Quelle versiegen zu wollen, es kamen nur noch wenig Gaste, da alle Freunde und Bekannte, alle, mit denen man in irgend welcher Beziehung stand, ihren Besuch nun schon gemacht hatten. Der Glanz und der heitere Lärm der Freudentage war erstorben und Croix-Mort lag still und verödet da, wie ein ausgebrannter Feuerwerkskörper am Tage nach einem Fest.

Die Kälte trat in diesem Jahre frühzeitig ein. Unter den Frösten war bereits alles Laub abgefallen und die Baumwipfel ragten kahl in die Höhe, geschüttelt vom rauhen Nordwinde, der mit schauerlichem Geheul durch ihre dürren Neste fuhr. Die Rasenplätze färbten sich gelb und die Beete verloren ihren Blumenschmuck. Kalte, schneidende Regengüsse stellten sich häufig ein, und in den Kaminen des Schlosses flackerten große Apfelbaumscheite, wie sie für die Feuerung der herrschaftlichen Gemächer üblich waren.

Nach dem überlauten Treiben mußten die plötzliche Stille im Schlosse und der düstere Ernst der Natur einen doppelt schwermütigen Eindruck machen. Ein seltsamer Druck lastete auf Herrn und Frau von Ayères und selbst auf Edmee. Aug' und Ohr gewöhnen sich auf die Dauer an die Bewegung und an das Geräusch, so daß ein jäher Wechsel geradezu verblüffend wirkt. Ein Gefühl der Leere macht sich allenthalben geltend, voll Unruhe sucht man um sich her, es fehlt einem irgend etwas. Die Gewohnheit hatte sich eben, ohne daß man es merkte, eingenistet, und was anfangs unerträglich dünkte, störte am Ende durch seine Abwesenheit. In der weiten Behausung verloren sich die drei Bewohner völlig und sie suchten einander wie die verstreuten Ueberlebenden auf einer wüsten Insel nach einem Schiffbruch.

Frau von Ayères und Edmee fanden jedoch ihr Gleichgewicht rasch wieder. Sie teilten ihre Zeit nützlich ein und fanden in der ungestörten Ruhe lebhafte Befriedigung. Ferdinand aber ging einige Tage umher wie ein Körper ohne Seele. Man hätte ihn mit einem verirrten Hunde vergleichen können, der, die Nase in der Luft, die verlorene Spur seines Herrn wiederzufinden sucht, Sein Herr war das Vergnügen, das sich für lange Zeit entfernt hatte.

Indes schien auch er sich bald in die Einsamkeit zu finden und trachtete sein Leben so einzuteilen, daß jeder Augenblick ausgefüllt wäre. Er äußerte den Wunsch, seine Frau und Edmee an seinen Beschäftigungen teilnehmen zu sehen, und erbat sich dies in solch liebenswürdiger Weise, daß es schwer gewesen wäre, es ihm zu verweigern.

Sein Benehmen gegen Edmee hatte sich merklich verändert. Er erwies ihr die größte Achtung, umgab sie mit feinfühliger Rücksicht und schmeichelhaften Aufmerksamkeiten, als wünsche er sehnlichst, sich bei ihr beliebt zu machen. Wenn das junge Mädchen im Salon weilte, trat er an sie heran, nahm an ihrer Seite Platz, führte ganz allein die Unterhaltung und versäumte keinen Anlaß, ihr eine Artigkeit zu sagen. Alles, was sie that oder sagte, wurde von ihm belobt. Er begegnete ihr mit liebevoller Vertraulichkeit, die etwas Brüderliches und zugleich etwas von einem Liebhaber in sich vereinigte.

Frau von Ayères fand diese Intimität reizend; sie war entzückt über das, was sie die Liebenswürdigkeit ihres Gatten nannte, und schalt Edmee, welche diese Huldigungen mit einer Kälte aufnahm, die nahe an Feindseligkeit grenzte.

»Du bist unvernünftig, mein Kind,« sagte Regine. »Du legst zu wenig Wert auf Ferdinands Bemühungen, sich dein Wohlwollen zu erringen. Deine unfreundliche Haltung ist völlig unberechtigt. Du bist schon alt genug, um zu begreifen, daß man vergessen und sich seiner Vorurteile entschlagen muß. Was hast du gegen Herrn von Ayères? Welchen Vorwurf kannst du ihm jetzt machen? Ist er nicht liebenswürdig?«

Edmee, die sich von ihrer Mutter so hart bedrängt sah, zog die dunklen Augenbrauen zusammen und erwiderte mit strenger Miene: »Er ist es zu sehr, und das mißfällt mir.«

»Du kannst seinen Charakter nicht ändern und darfst nicht fordern, daß ein Mann, dessen Leben die Galanterie ausgefüllt, nun mit einemmal aufhören solle, galant zu sein, um kalt und bedächtig zu werden. Es wäre ihm nicht zu verdenken, wenn er einem kleinen Mädchen, wie du es bist, gar keine Beachtung schenkte; er aber gibt sich alle Mühe, dich zu gewinnen, indes du deinerseits nur darüber nachsinnst, auf welche Weise du ihn zurückstoßen könntest.«

Fräulein von Croix-Mort neigte den Kopf über ihre Arbeit und schwieg. Im Grunde ihrer Seele aber dachte sie, der schöne Ferdinand sei gar zu sehr bestrebt, ihr zu gefallen. In seinem Benehmen lag ein Anflug von Keckheit, die sie in Unruhe versetzte. Um ihrer Mutter jedoch Freude zu machen, wollte sie sich von nun an weniger scheu und unzugänglich zeigen. Sie zog sich des Abends nicht mehr frühzeitig zurück, wie es ihre Gewohnheit gewesen, sondern blieb im Salon und zeichnete mit erstaunlicher Leichtigkeit kleine Skizzen in ihr Album, wie es ihr die augenblickliche Laune ihrer Phantasie eingab.

»Sie besitzen in der That die glücklichsten Anlagen,« bemerkte eines Abends Herr von Ayères, »Sie sollten diesen Winter in Paris bei einem guten Lehrer Unterricht nehmen.«

Edmee errötete ein wenig und erwiderte, ohne den Kopf zu heben: »Dabei ist nur die eine Schwierigkeit, daß ich in Croix-Mort zu bleiben gedenke, wie im letzten Winter.«

Nun erhob sich ein Sturm von Widersprüchen und Ermahnungen. Wie sie daran denken könne, sagte Ferdinand, sich nochmals von den Ihren zu trennen und sich in diese Einöde zu vergraben? Das wäre ja unmöglich. Sie müsse doch die Zukunft ins Auge fassen und dürfe nicht langer in diesem Provinzwinkel vegetieren. Sie würde es sich überlegen und ihren Entschluß aufgeben. Ihr Platz sei an der Seite ihrer Mutter, und was ihn beträfe, so würde es ihm eine Freude sein, sie in die Welt einzuführen, wo sie, reizend wie sie sei, Triumphe feiern würde. Wäre er nicht ihr natürlicher Beschützer?

Bei dem bloßen Gedanken an diese Vertraulichkeit, von der er sprach, fühlte sich Edmee von unüberwindlichem Widerwillen erfaßt. An seiner Seite in einer Wohnung in Paris leben, während ihr das Zusammenleben hier, in den weiten Räumen von Croix-Mort, schon ein zu nahes war – es schien ihr undenkbar.

Er war jetzt unter dem Vorwande, ihr Vernunft zu predigen, ganz nahe an sie herangetreten und hatte ihre Hand ergriffen. Sie wollte sie ihm entziehen, er aber hielt sie fest in der seinen, wahrend er mit halblauter Stimme zu ihr redete und sie seinen Atem an ihrem Ohr fühlte.

Ein plötzliches Unbehagen befiel Edmee. In der Haltung des Barons ihr gegenüber war etwas Verdächtiges, das sie verletzte. Sie wurde sich über ihre Empfindung nicht völlig klar, nur eine unbestimmte Besorgnis drückte sie nieder. Sie erhob sich rasch, um sich loszumachen, sagte ihrer Mutter »Gute Nacht« und zog sich zurück.

Inzwischen hatte Fräulein von Croix-Mort mit ihren Spaziergängen wieder begonnen, um einige Stunden Freiheit zu genießen, und einer ihrer ersten Ausflüge galt dem Pfarrhause, wo sie ihren lieben Abbé besuchte. Der gute Mann hatte sie, die er ein Kind Gottes nannte, mit überströmender Freude willkommen geheißen.

Bei dem weisen, sanften Greise atmete Edmee erleichtert auf, hier konnte sie ohne Hintergedanken weilen, und die dunklen Besorgnisse, die sie so häufig quälten, aus ihrem Geiste verscheuchen. Sie kam nach dem Frühstücke, traf ihren Freund im Begriffe, in seinem Brevier zu lesen, und entriß ihn dieser frommen Beschäftigung. Er setzte sofort seinen breiten Filzhut auf, hob seine Soutane an der Seite ein wenig in die Höhe, um sie vor dem Schmutze der aufgeweichten Straßen zu schützen, und ging mit dem jungen Mädchen ins Freie, plauderte mit ihr, wie ehemals, besuchte die Armen und empfand das Vergnügen wieder, welches ihm durch die fremden Gäste im Herbst so kläglich gestört worden war. Wie hätte man auch den würdigen, schlichten Priester zu den rauschenden Gesellschaften heranziehen können? Wie das Heilige mit dem Profanen verbinden? Der arme, gute Mann, der eine seine Mahlzeit niemals verschmähte, hatte sich diesen unschuldigen Genuß versagen müssen, er hatte aber trotzdem für das Seelenheil aller jener Thoren gebetet und ihnen das Unrecht, welches ihm widerfahren, aus ganzem Herzen verziehen. Jetzt neckte er Edmee wegen ihrer Teilnahme an dem »Hexensabbath«. Das war seine einzige kleine Rache.

»Haben Sie Ihr Seelenheil ernstlich gefährdet, meine liebe Tochter?« fragte er sie.

»Ach, nein, Herr Pfarrer,« antwortete Fräulein von Croix-Mort mit vollster Ruhe. »Alles, was sich im Schlosse zutrug, war wohl leichtfertig, aber keineswegs sträflich.«

»Die Landleute erzählen aber doch, daß die Damen bei den Jagden Herrenkleider trugen ... Ist das möglich?«

»Mit Röcken, Herr Pfarrer, mit etwas kurzen Röcken, der Bequemlichkeit wegen, aber in durchaus schicklicher Weise, ich versichere es Ihnen ...«

»Es ist aber nichtsdestoweniger erwiesen, daß sich hierin ein Mangel an Zurückhaltung, an Sittsamkeit offenbart, der sehr anstößig ist ... Die Frauen dürfen keine Beschäftigung treiben, die den Männern zukommt.«

Edmee lächelte schelmisch, und um ihren alten Freund in Verlegenheit zu bringen, sagte sie: »Und die Jungfrau von Orleans, Herr Pfarrer?«

»O, die Jungfrau von Orleans!« rief der Abbé aus, »die Jungfrau von Orleans! Da galt es das Heil Frankreichs ... Auf Befehl der Heiligen gegen den Feind der Nation Krieg führen, ist das etwa dasselbe, ich frage Sie, wie unschuldige Tiere niedermetzeln?«

»Die aber sehr gut schmecken?«

»Die sehr gut schmecken, ich gebe es zu,« gestand der Pfarrer heiter. »Ach, mein liebes Kind, Sie spotten der Schwachheit meiner sündhaften Natur ... Die Feinschmeckerei ist eine große Sünde ... Eine Todsünde, welche viele Menschen begehen, mit denen, wir wollen es hoffen, der liebe Gott Nachsicht haben wird ...«

So verbrachten der Greis und das junge Mädchen den Nachmittag, plaudernd, disputierend, lachend, während sie von Haus zu Haus gingen, um den Kranken Mut einzuflößen und den Unglücklichen Hilfe zu spenden.

Bei ihrer Heimkehr pflegte sie Billet zu treffen, der mit seiner Spürnase von ihrem Ausgang Wind bekommen hatte und sie am Waldessaum erwartete. Er trat ihr wie zufällig entgegen, und wenn sie ihm sagte, daß sie von einem Spaziergange mit dem Pfarrer zurückkehre, beugte er den Nacken und brummte.

Eines Tages machte er ihr eine förmliche Eifersuchtsscene: »Es fällt Ihnen jetzt gar nicht mehr ein, mit mir die Runde im Walde zu machen. Alle Ihre freundschaftlichen Gefühle bewahren Sie für den ›kleinen Schwarzen‹, der Sie, als Sie noch ein Kind waren, nicht so gehütet und gehätschelt hat, wie ich ...«

»Ach, wie einfältig bist du doch, Billet!« sagte Edmee, indem sie dem alten Diener freundschaftlich auf die gebräunte Wange klopfte. »Du weißt ja, daß ich mit dem Abbé die Armen besuche, und daß unsre gemeinschaftlichen Liebeswerke die Bande sind, welche uns aneinander knüpfen. Ich bin ihm sehr zugethan, das ist wahr, denn er hat mich unterrichtet und war sehr gut gegen mich, als ich noch ein Kind war; aber ich habe ihn nicht lieber als dich, du alter Griesgram!«

»Nun, dann ist's gut!« erwiderte der menschenscheue Alte mit feuchten Augen. »Ach, sehen Sie, Ihr alter Billet würde sich für Sie mit Freuden die Knochen zerschlagen lassen ... Und wenn es jemals irgend einem einfallen sollte, Ihnen etwas anzuhaben, so soll er mich kennen lernen.«

Eine seltsame Herzensbeklemmung beschlich plötzlich Edmee. Sie heftete einen unruhigen Blick auf den alten Hüter und fragte sich, ob er wohl in ihren Gedanken gelesen habe, da er so unmittelbar auf ihre heimlichen Besorgnisse geantwortet.

»Was willst du damit sagen?« fragte Edmee. »Solltest du etwa von jemand wissen, daß er mir ein Leid zufügen will?«

»Lassen Sie es gut sein! Ich bin da, und ich brauche keine Brille, um zu sehen!« erwiderte Billet, ohne sich näher zu erklären.

Er sah sie mit liebevollem Blicke an, wie ein treuer Hund, schob die Flinte über die Schulter und entfernte sich in der Richtung nach seinem Hause.

Diese Ausflüge erregten jedoch das Mißfallen des Herrn von Ayères in hohem Grade. Er sprach sich darüber gegen Regine aus, die hierauf ihrer Tochter den leisen Vorwurf machte, daß sie sich allzu häufig von ihnen trenne, und daß es den Anschein habe, als treibe sie sich nur deshalb im Freien umher, weil sie ihrer Gesellschaft entschlüpfen wolle.

»Ich besuche meinen alten Freund im Pfarrhause, Ist das etwas Schlimmes?«

»Gewiß nicht. Doch wenn du ihn sehen willst, so werden wir ihn am Sonntag wieder, wie früher, zu Tisch laden; ich glaube, daß er für eine solche Aufmerksamkeit empfänglich ist.«

»O, gewiß,« versicherte Edmee, glücklich bei dem Gedanken an die unschuldigen Freuden, welche der seine Tisch im Schlosse dem guten Manne gewähren würde, »Doch meine Spaziergänge mit ihm sind mir ebenso angenehm als nützlich ... Ich bin seit langem wenig gegangen und die Bewegung thut mir gut.«

Diese Bemerkung veranlaßte Ferdinand, Reitübungen in Vorschlag zu bringen, da man ihm erzählt hatte, daß das junge Mädchen einst ohne Sattel die Füllen auf dem Meierhofe geritten habe. Er erklärte, daß es ihm besondres Vergnügen machen würde, die Damen zu begleiten, denn Regine müsse unstreitig mit von der Partie sein. Es wäre jetzt nicht mehr die Rede von tollen Ritten gleich jenen, die einige Wochen zuvor auf den Waldwegen hingestürmt; es gelte bloß eine mäßige, zuträgliche Bewegung.

Frau von Ayères wagte nicht, dieses Anerbieten zurückzuweisen; vielleicht befriedigte es sie auch, an der Seite ihres Gatten jene Waldstrecken wiederzusehen, die beide einst in zärtlichem Beisammensein durchstreift hatten. Sie war noch nicht dahin gelangt, in der plötzlich erwachten Vorliebe Ferdinands für Edmee etwas Beunruhigendes zu erblicken. Es fiel ihr gar nicht ein, zu denken, Ferdinand könne mit der Tochter dasselbe Spiel anfangen, wie einst mit der Mutter. Kein Verdacht stieg in ihr auf, keine Ahnung warnte sie. – Auch dachte sie so wenig an das Böse, daß selbst, wenn man ihre Aufmerksamkeit auf die seltsamen Schliche des Barons gelenkt hatte, man viel eher ihre Entrüstung hervorgerufen, als sie zur Einsicht gebracht hätte.

Was Ferdinand betraf, so war auch er sich keineswegs klar über die Bahn, die er betreten hatte. Er ließ sich, ohne zu überlegen, von einer instinktmäßig empfundenen Anziehungskraft hinreißen. Gedrängt von der eingewurzelten Gewohnheit, sich mit jeder hübschen Frau, die in seinen Bereich gelangte, zu beschäftigen, machte er Edmee den Hof ohne jeden Hintergedanken, einfach, weil sie jung und reizend war, hauptsächlich aber, weil sie ihr möglichstes that, um ihn zurückzustoßen. Es war keine Spur von Berechnung in dem koketten Treiben, in dem er sich gefiel; das mag ihm zur Entschuldigung angerechnet werden. Er folgte dem Hange seiner Natur, und wenn jemand plötzlich ihm gesagt hätte: »Wollen Sie etwa versuchen, das Herz dieses Kindes in Unruhe zu versetzen?« würde er voll Entsetzen Widerspruch gegen eine derartige Verdächtigung erhoben haben.

Ein reines junges Mädchen ist wie von einem geweihten Schleier umhüllt, der sie vor cynischen Gedanken und kühnen Angriffen schützt. Ferdinand hatte die Eroberung Regines kalt beschlossen, sie war eine Zerstreuung für den unbeschäftigten Roué gewesen und eine Spekulation für den ruinierten Lebemann, Edmee gegenüber war er jedoch frei von jedem bösen Vorbedacht.

Er gab sich einem zärtlichen Gefühle hin, das zu zergliedern ihm gar nicht einfiel, und hielt für Freundschaft, was schon Liebe war. In allen Künsten der Verführung geübt, ging er trotzdem bei diesem Anlasse voll Naivität zu Werke. Ohne es gewahr zu werden, verbrannte er sich allmählich selbst an der Flamme, die er stets so geschickt in andern zu entfachen verstand. Diesmal hatte sich das Feuer in seinem eignen Innern entzündet und glühte heimlich fort bis zu dem Tage, wo es durch einen Zufall in schrecklichen, verzehrenden Flammen emporlodern sollte.

Elftes Kapitel

Der erste Ausflug zu Pferde lief ohne jeden Zwischenfall ab. Frau von Ayères und Edmee ritten in Begleitung Ferdinands höchst vergnügt im Park spazieren und kehrten nach Verlauf von zwei Stunden wieder zurück. Die Bewegung und die frische Luft hatten Regines bleiche Wangen gerötet. Ihr Gemahl sagte ihr einige Artigkeiten über ihr gutes Aussehen, worüber sie hoch entzückt war. Doch am nächsten Morgen fühlte sie sich recht unwohl und mußte einsehen, daß derlei Anstrengungen für ihr Alter nicht mehr taugten. Nicht ohne Traurigkeit überredete sie ihre Tochter, allein zu reiten, indem sie ihr versprach, im Wagen zu folgen, was wohl fast das Gleiche wäre, und ihr viel bequemer und angenehmer sei. Indessen fand sich, daß die schönsten Wege für die Kutsche unfahrbar waren, und der Ausflug erlitt dadurch mannigfache Störungen.

»Ich sehe wohl, daß ich euch nur im Wege bin,« sagte Frau von Ayères. »Es ist ein großes Unglück, nicht immer jung bleiben zu können. Aber, was willst du, mein liebes Kind, es ist nicht zu ändern, wir können nicht mehr gleichen Schritt halten ... Reitet ihr beide allein aus und laßt mich ruhig in meinem Lehnstuhl, da ich mich fast lahm fühle.«

Fräulein von Croix-Mort erklärte jedoch in solch entschiedenem Tone, daß sie ihrer Mutter Gesellschaft leisten werde, daß Regine jedes weitere Zureden aufgab, und so nahmen die Spazierritte ein plötzliches Ende. Ferdinand, der unter dieser Unterbrechung am meisten litt, ließ trotzdem keine Verstimmung merken.

Er fügte sich willig in diese Entbehrung, blieb zu Hause, unterhielt die Damen mit völliger Unbefangenheit und großer Gemütsruhe, und schien durchaus keine Langeweile zu verspüren. Das junge Mädchen empfand dies mit wahrer Herzenserleichterung und konnte nicht umhin, ihm im stillen dankbar zu sein. Sie faßte jetzt Zutrauen zu ihm und machte sich ihre grundlose Abneigung zum Vorwurf. Nun wurde sie auch gesprächiger und wies ihm nicht mehr jene eisige, mürrische Miene, die sie für ihn allein stets in Bereitschaft gehabt.

Um die langen Abende zu verkürzen, hatte Ferdinand es sich in den Kopf gesetzt, sie das Billardspiel zu lehren. Lange wollte sie sich nicht dazu herbeilassen, gab aber endlich seinem Drängen nach. Regine nahm unter der Tafel auf einem Sofa Platz und notierte die Points; so entspann sich allmählich ein recht trauliches Familienleben, Edmees Besorgnisse schwanden, denn Ferdinands Benehmen war das eines guten Kameraden, nicht mehr, nicht weniger. Das wachsamste Auge hätte weder in seinen Reden, noch in seinem Gebühren irgend etwas Tadelnswertes entdecken können. Er war ein gemütlicher Gesellschafter, heiter und zuvorkommend. Durfte man ihm sein liebenswürdiges Benehmen etwa als Verbrechen anrechnen?

Inzwischen war das Wetter, als wolle es mit der Stimmung der Schloßbewohner harmonieren, milder geworden. Ein verspäteter Nachsommer heiterte den Himmel wieder auf. Die rauhe, trockene Luft wurde linder, und die Vögel, die sich von dem warmen Tage täuschen ließen, zwitscherten in den Gebüschen. Eines Nachmittags, als Regine ihren Mann müßig und träumerisch sah, wendete sie sich an Edmee: »Es ist so schönes Wetter heute,« sagte sie. »Ihr solltet im Parke spazieren reiten; das würde auch den Pferden gut thun, die im Stalle steif werden.«

Hätte Ferdinand diesen Vorschlag gierig ergriffen, so wäre Fräulein von Croix-Mort wahrscheinlich stutzig geworden und hätte denselben abgelehnt. Allein er schien so überrascht, so unentschlossen, er beeilte sich so wenig mit seiner Einwilligung, daß die Vorsicht des jungen Mädchens nicht wachgerufen wurde. Von ihrer Mutter gedrängt, ließ sie sich hinreißen und erklärte sich bereit zu einem kleinen Spazierritt längs des Teiches unter den Fenstern des Salons. Eine Viertelstunde später ritten sie im Schritt am Strande des Flusses hin, sie voraus, er düster und träge hinterdrein.

Sie hatte ihn wiederholt über die Schulter hinweg angeblickt, erstaunt, ihn so nachdenklich zu sehen, da das Reiten ihn doch sonst stets in heitere Laune versetzte. Ein leichter Hieb mit der Gerte brachte ihre Stute in Trab, der sie alsbald einen bedeutenden Vorsprung gewinnen ließ.

Er folgte ihr nicht, sondern ritt langsam weiter, als habe er seine Aufgabe, das junge Mädchen zu begleiten, ganz vergessen. Sich frei fühlend, überließ sie sich ihrem Ungestüm und jagte rasch dahin, ohne sich um ihren Gefährten zu kümmern, vielmehr erfreut, ihn weit hinter sich zu lassen. So sprengte sie über die Brücke der Divonette und verlor sich im Parke.

Dort bot sich ihr eine sanft ansteigende Allee von hohen dunkeln Tannen dar. Sie spornte ihr Tier an und galoppierte durch dieselbe hin, bis sie zu einem Plateau gelangte, wo sie anhielt, indes die leckere Stute sich an den Kräutern des Bodens gütlich that. Sehr oft hatte sie schon an dieser Stelle geweilt und ihr Auge über die weite Ebene schweifen lassen, die mit Baumgruppen besäet und von Bächen durchkreuzt war, deren im Sonnenschein glänzender Spiegel zwischen dem Schilf der Ufer hindurch glitzerte. Niemals war ihr die Landschaft, die sich zu ihren Füßen ausdehnte, anmutiger erschienen. Ein Ackersmann ging mit langsamen Schritten die braunen Furchen entlang, über den mit vier kräftigen Pferden bespannten Pflug gebeugt. Man hörte, wie er die Tiere mit kurzem Zuruf antrieb, die vor Anstrengung dampften und mit Eifer vorwärts strebten.

Am Abhange eines weißen Kalkhügels ließen Brunnenarbeiter große Kübel an einer hölzernen Winde hinab, und im Hintergrunde des Thales, am Waldessaume, weidete verstreut eine Herde Schafe in den gelben, spärlichen Gräsern unter Aufsicht eines kleinen Hirtenjungen, der zu seiner Unterhaltung die Peitsche knallen ließ. Weiterhin ragte inmitten grüner Gärten und roter Häuserdächer der Kirchturm von Clairefont in die Höhe. Längs einer grauen Mauer besichtigte ein Winzer die Rebstöcke seines Weinberges. Es war ein liebliches Bild, das die Sonne mit goldnem Scheine überflutete. Alles atmete jenen Frieden, der sein Dasein der stillen Thätigkeit des Bodens und der mutigen Sorglosigkeit derer, die ihn bearbeiten, verdankt.

Edmee, die seit mehreren Tagen nicht aus dem Schlosse gekommen war, genoß voll Entzücken die Schönheiten dieser frischen, ruhigen Landschaft. Lange blieb sie regungslos, von dem milden Lüftchen umkost, das aus dem Thale heraufwehte, Ein Geräusch entzog sie plötzlich ihren Betrachtungen. Sie wendete sich um und gewahrte Herrn von Ayères, der in raschem Trabe die Allee heraufkam, die in das Plateau mündete.

Es verdroß Edmee, daß sie sich nun seiner Ueberwachung nicht länger werde entziehen können, und teils von dem Wunsche beseelt, allein zu bleiben, teils der launenhaften Eingebung folgend, ihrem Gefährten einen Possen zu spielen, erfaßte sie wieder die Zügel und lenkte in den nächsten Weg ein, der im Halbkreise zu der Divonettebrücke zurückführte.

Mit wallendem Schleier sprengte Fräulein von Croix-Mort auf dem elastischen, weichen, moosbedeckten Heidegrund dahin. Sie dachte gar nicht mehr an Ferdinand, als sie ihn plötzlich links in einer Seitenallee bemerkte; er hatte einen Querweg eingeschlagen und war nun nahe daran, sie zu erreichen. Sie wollte sich nicht einholen lassen und setzte ihren raschen Lauf fort, er machte ihr ein Zeichen, anzuhalten, und rief ihr zu: »Sie sind höchst unbesonnen, Ihr Pferd wird mit Ihnen durchgehen.«

Sie aber jagte trotzdem im Galopp dahin, gebrauchte zwar die Gerte nicht, feuerte aber ihr Tier heimlich mit der Stimme an, aufgeregt durch die Schnelligkeit des Rittes, den sie noch zu verschärfen trachtete. Als Ferdinand sie so bestrebt sah, ihm zu entfliehen und ihm zu trotzen, gab er einem Gefühle der Eitelkeit nach und suchte sie zu überholen. Das Pferd, welches er an jenem Tage ritt, war ein Vollblut und besonders feurig. In den Steigbügeln stehend, den Körper vorgeneigt, mit der Sicherheit eines erfahrnen Steeplechasereiters ließ er sein Roß jetzt in richtigem Renntempo dahinjagen. Alsbald verringerte sich die Entfernung zwischen beiden sichtlich.

Als Edmee ihn nahen hörte und ihn so entschlossen heransprengen sah, überfiel sie plötzlich eine blinde Furcht, als ob diese Verfolgung eine ernsthafte und bedrohliche gewesen wäre. In ihrem von dem rasenden Lauf erhitzten Gehirn stiegen bizarre Gedanken auf. Sie glaubte sich flüchtig, bedrängt von unerbittlichen Feinden, und ihre Freiheit von der Schnelligkeit ihres Rittes abhängig. Zuerst die Brücke zu erreichen, schien ihr die einzige Rettung; dort meinte sie Hilfe und Schutz zu finden, doch wenn sie sich einholen ließe, so wäre sie verloren. Die nervöse Aufregung, die sich ihrer bemächtigt hatte, schien sich jetzt auch ihrem Rosse mitzuteilen, welches schäumend, mit dampfenden Nüstern, wildem, stierem Blicke und gesenktem Kopfe dem Zügel nicht mehr zu gehorchen anfing.

Herr von Ayères, der ruhiger war, erschrak über den rasenden Lauf, und da er glaubte, Edmees Stute gehe durch, wagte er nicht zu rufen, um sie nicht noch mehr zu erregen. Sie stürmten so rasch dahin, daß er schon nach einigen Minuten die schmale, schlüpfrige Brücke der Divonette nahen sah, als sei diese ihnen entgegengeeilt. Er dachte: »Edmee wird nicht anhalten können, und wenn ihr Tier unglücklicherweise auf den Brettern ausgleitet, so wird sie sich vor meinen Augen die Glieder zerschmettern. Um jeden Preis muß ich trachten, sie einzuholen, ehe sie die Brücke erreicht hat.«

Jetzt war er dicht hinter ihr, der Kopf seines Pferdes an der Kruppe ihrer Stute. Noch eine äußerste Anstrengung und er war um einige Meter Länge voraus und konnte mit der Linken Edmees Zügel erfassen. Sie erbleichte vor Zorn und Furcht und schrie: »Lassen Sie mich los!«

Mit keuchendem Atem, rot vor Aufregung, entgegnete er:

»Sie wissen nicht mehr, was Sie thun!«

»Ich weiß es ganz genau,« gab sie zurück, »ich verbiete Ihnen, mich anzuhalten!«

Sie sprengten jetzt nebeneinander hin, noch immer im Galopp, doch in weniger rasendem Tempo: sie mit mißtrauischen Blicken und drohenden Worten, er immer noch die Zügel in der Hand, die er loszulassen sich weigerte. Durch diese Hartnäckigkeit erwachte der alte Haß in ihr und ihre Angst wuchs. Sich in der Gewalt desjenigen sehend, den sie fürchtete und verabscheute, suchte sie sich um jeden Preis zu befreien, erhob die Gerte und schlug wütend nach der Hand, die sie hindern wollte, zu entfliehen.

»Edmee!« rief er, mit einem jähen Ruck die Stute zurückreißend und sie auf der Stelle zum Stillstehen zwingend. Das junge Mädchen, das durch den heftigen Stoß das Gleichgewicht verloren hatte, vermochte nicht, sich im Sattel zu halten, und war dem Herabsinken nahe, als er sie mit kräftigem Arme umfaßte. Betäubt, mit getrübtem Blick und einer Ohnmacht nahe, lehnte sie eine Sekunde, ohne sich zu rühren, ohne denken zu können, an Ferdinands Schulter, indem sie sich instinktmäßig an ihn klammerte. Ihr schwarzes Haar hatte sich gelöst und umhüllte sie mit balsamischem Duft.

Er sah sie an, und berauscht von ihrer Schönheit, ihrer Jugend, vergaß er, wo er war, wer sie war, ohne einen andern Gedanken, als daß der reizende Körper, der an seiner Brust atmete, der eines anbetungswürdigen und insgeheim angebeteten Weibes sei. Er verlor die Vernunft, seine Lippen tauchten in die dunkle Masse ihres duftigen Haares, und unverständliche Worte stammelnd, drückte er Edmee an seine Brust.

Sie hatte kaum die Augen geöffnet und sich in Ferdinands Armen gesehen, als sie ihn auch schon mit Heftigkeit von sich stieß, zur Erde sprang und aus allen Kräften gegen die Divonette zu laufen begann. Sie war außer sich, strauchelte über die Schleppe ihres langen Reitkleides und stieß unartikulierte Klagetöne aus.

Bei der Brücke angelangt, mußte sie, dem Ersticken nahe, innehalten. An das Geländer gelehnt, preßte sie die Hand auf das vor Schrecken und Abscheu hochklopfende Herz, indes Ferdinand mit befangener Miene langsam daherkam. Da rief sie ihm mit von Schluchzen unterbrochener Stimme zu: »Kommen Sie mir nicht näher!«

»Edmee,« sagte er, indem er trotzdem näherschritt, »ich beschwöre Sie ...«

»Wenn Sie noch einen Schritt weiter thun, so stürze ich mich ins Wasser!«

Sich über die Brüstung neigend, schien sie bereit, ihre Drohung auszuführen. Er hielt inne. So standen sie einander gegenüber, beide voll Entsetzen; er über das, was er gewagt, sie über das, was sie erlitten. Hastige Schritte im Dickicht entrissen sie ihrer Verblüffung. Das junge Mädchen stieß einen Freudenruf aus, als sie Billet wahrnahm, der, seiner Gewohnheit gemäß, quer durch den Wald heranschritt. Auch er hatte Fräulein von Croix-Mort und Herrn von Ayères bemerkt, sein Antlitz verfinsterte sich und er beschleunigte seinen Schritt.

»O, o! Sollten Sie es gewesen sein, Fräulein Edmee, die vor einem Augenblick um Hilfe rief?« fragte er, indem er die verstörte Haltung und die Verwirrung gewahrte, in der sich seine geliebte Herrin befand.

Und da Edmee mit der Antwort zögerte, weil sie sich schämte, das Vorgefallene zu gestehen, fuhr er fort: »Was konnte Ihnen denn geschehen, der Herr Baron ist ja ein ausgezeichneter Reiter?«

Ferdinand gewann zuerst seine Kaltblütigkeit wieder, und da er die Fragen des Hüters kurz abschneiden wollte, sagte er: »Die Stute ist durchgegangen und hätte Fräulein von Croix-Mort beinahe in die Divonette geworfen.«

»Hm – jetzt ist sie ganz ruhig,« bemerkte der Alte, indem er mit dem Blicke nach dem Tiere wies, das, mit Schweiß bedeckt, Baumzweige am Wegesrande benagte. »Haben Sie diesen hübschen Riß bekommen, als Sie das Pferd anhielten?« sagte er zu Ferdinand, über dessen Hand eine rote tiefe Schramme lief.

»Jawohl, beim Anhalten,« erwiderte Edmee mit Nachdruck.

»Nun, dann haben Sie kräftig angefaßt,« meinte Billet mit solch ironischer Betonung, daß Herr von Ayères erbebte. »Doch dort drüben, an der rechten Seite der Brücke, steht Ihr Pferd ... Sie könnten vielleicht aufsteigen, Herr Baron, ohne Ihnen übrigens befehlen zu wollen, und im Schloß Nachricht geben ... denn die gnädige Frau müßte sehr erschrecken, wenn sie das Fräulein so blaß sähe ... Ich werde sie zurückbegleiten, indem ich das Tier beim Zügel führen werde. Seien Sie unbesorgt, mit mir wird ihr nichts passieren.«

Ferdinand nickte, ohne etwas zu erwidern, mit dem Kopfe, überschritt den Fluß, bestieg sein Roß und trabte langsam von dannen.

Als sie ihn sich entfernen sah, stieß Fräulein von Croix-Mort einen Seufzer aus und sank totenbleich auf einen der Prellsteine nieder, die zu beiden Seiten das Brückenende begrenzten. Billet ergriff das Taschentuch des jungen Mädchens, stieg zum Flusse hinab, tauchte es ins Wasser und kehrte zurück, um ihr die Schläfen damit zu befeuchten. Er redete in leisem Tone zu ihr, streichelte ihr die Hände und gab ihr die Versicherung, »daß es diesmal nichts zu bedeuten habe«.

»Nur,« fügte er mit scharfer Betonung hinzu, als er sah, daß sie sich wieder aufrichtete, »sollten Sie niemals mit diesem Manne allein ausgehen, sonst könnte ein Unglück geschehen; *Ihnen* vielleicht, *ihm* gewiß.«

»Aber, Billet, was glaubst du denn?« rief Edmee, entsetzt bei dem Gedanken, der Alte könnte die Szene mitangesehen haben.

»Ich glaube nichts andres, als was Sie mir selbst erzählt haben,« erklärte er. »Aber ich bemerkte Sie, als Sie vom Schlosse fortritten, und ich trieb mich im Holzschlage umher, um Ihnen auf dem Wege einen ›guten Tag‹ zu wünschen ... Da vernahm ich Ihre Stimme, als Sie um Hilfe riefen ... Es war ein solch schrecklicher Schrei, daß ich dachte, man erwürge Sie ... So habe ich mich denn beeilt ... Glücklicherweise habe ich Sie noch ganz lebendig gefunden, wenn auch ein wenig scheu und erschreckt.«

Er bückte sich und schob mit einer raschen Bewegung den Tragriemen seiner Flinte in die Höhe. Dann faßte er das Fräulein um den Leib, hob sie in den Sattel, und die Stute hinter sich herziehend, schlug er die Richtung nach dem Schlosse ein.

Auf der Freitreppe stand Frau von Ayères allein, voll unruhiger Erwartung. Als sie ihrer Tochter ansichtig wurde, eilte sie ihr entgegen. Doch Edmee, die einem neuen peinlichen Ausfragen zu entgehen wünschte nahm eine heitere Miene an und sprang, von Billet unterstützt, behende zur Erde.

»Beruhige dich, Mama,« sagte sie, »meine Angst war größer als die Gefahr.«

»Dank Ferdinand!«

»Ja, Mama, dank ihm.«

»Du bist ein wenig unbesonnen, mein Kind, und diese Pferde sind gar so dumm! ... Gewiß, du darfst mir nicht mehr ausreiten ... Ich verginge vor Angst, solange du fort wärest.«

Edmee begab sich auf ihr Zimmer und schloß sich ein. Hier konnte sie nach Herzenslust weinen und ihr bedrücktes Gemüt erleichtern. Die ganze Seelenkraft, die sie bewiesen, um vor Billet und ihrer Mutter das Geschehene zu verheimlichen, war jetzt von ihr gewichen, sie fühlte sich schwach wie ein Kind. Entsetzen ergriff sie bei dem Gedanken, daß sie den Anblick dieses Mannes, an den sie nicht ohne tiefes Beben denken konnte, werde erdulden müssen. In seiner Nähe sein, seinen Blick ertragen, nicht etwa während einiger Augenblicke, nicht bloß ein einziges Mal, um dann für immer von ihm befreit zu sein; nein, alle Tage mit ihm an einem Tische sitzen, mit ihm im Salon weilen, ihm auf den Treppen, in den Gängen begegnen, ihm allein gegenüberstehen und vielleicht ein zweites Mal seinen vermessenen Angriffen ausgesetzt sein! Das war es, was dem jungen Mädchen bevorstand. Verzweifelt rang sie die Hände.

Wär es möglich, daß eine solche Pein ihr bestimmt war? Sie sann eifrig auf ein Mittel, um sich ihr zu entziehen, vermochte aber keins ausfindig zu machen. Waren sie nicht beide an dieselbe unlösliche Fessel gekettet, die der Familie? Ihre Mutter war es, die sie unzertrennlich miteinander verband. Er war der Gatte, sie die Tochter. Die Entfernung des einen oder des andern, das war die einzige Lösung; die Familienbande mußten thatsächlich, unwiderruflich zerrissen werden.

Doch wie diesen Bruch herbeiführen, ohne das Herz ihrer Mutter zu brechen? Welch ein Schlag für sie, wenn sie die empörende Niedertracht desjenigen erführe, durch den sie schon so viel gelitten! O! Alles lieber erdulden, als der armen Frau diese Abscheulichkeit mitteilen! Auf welche Weise ihr überhaupt die Sache beibringen, welche Ausdrücke gebrauchen, um ihr den Frevel zu erklären, bei dessen Erinnerung sich ihr das Herz im Leibe umwendete?

Von Zorn erfaßt, träumte Edmee von entsetzlichen Rachethaten, um den Elenden zu züchtigen. Der Haß, der in ihr gärte, verzerrte ihr den Mund zu einem bösen Lächeln, ihre Augen blitzten wild unter den schwarzen Brauen, sie bedauerte, keine Waffe zur Hand zu haben, um den Verrat zu bestrafen und den Verräter auf der Stelle niederzuschießend. Aber, er lebte! Und in dem Bestreben, sich gegen ihn zu verteidigen, stieß sie auf hundert Schwierigkeiten. Der einzige Ausweg, der ihr blieb, war, das Haus zu verlassen, um sich in einem Kloster zu verbergen oder ihre Mutter zu bewegen, alsbald nach Paris zurückzukehren.

Das Kloster? Unter welchem Vorwande es aufsuchen? Man mußte, daß sie wenig Vorliebe für die Religionsgebräuche besaß. Plötzlich behaupten, einen religiösen Beruf zu empfinden? Das mußte allen höchst unwahrscheinlich dünken. Und zu welchen Auslegungen, zu welchen Voraussetzungen und welchem Geschwätz würde diese That nicht Stoff bieten? Wenn ein Mädchen ihres Alters ins Kloster ginge, wäre dies nicht ein Beweis, daß sie eine sträfliche

Neigung empfinde oder sich im Hause ihrer Mutter unglücklich fühle?

Es hieße ihr Leben der allgemeinen Neugier preisgeben. Schon vernahm sie die Urteile all der Müßiggänger, die während des Herbstes auf Croix-Mort geweilt. Welch willkommene Beute für ihren Klatsch! Und dann, war man im Kloster nicht so gut wie gestorben? Das klösterliche Leben, die kahlen, frostigen Zellen, die langen Betstunden in der Kapelle, die Orgelklänge, die Litaneien, der ganze feierliche und große Pomp des Kultus lieh sie im voraus zu Eis erstarren. Sie vermöchte sich seinen Anordnungen nicht zu beugen, und würde mit rebellischem Gemüte in das fromme Haus treten.

Was dann also? Ferdinand bewegen, sogleich nach Paris zurückzukehren und diese Abreise als eine Gunst von ihm erflehen? Als Bittende erscheinen, wo sie sich unversöhnlich hätte zeigen müssen? Welche Bitternis und welche Schmach!

Die Glocke, die zu Tisch rief, hallte wie Trauergeläute an ihr Ohr und weckte sie aus ihren stürmischen Betrachtungen. Der Augenblick war da, wo sie eine marmorne Miene annehmen mußte, um die Blicke des verhaßten Wesens zu ertragen. Sie preßte die Hand auf das zitternde Herz, und unschlüssig in Bezug auf die Zukunft, aber entschlossen für den Augenblick, begab sie sich in den Salon hinab.

Ihre Mutter fragte sie liebevoll, ob sie sich von ihrer Aufregung erholt habe. Der Baron sprach kein Wort, ja erhob nicht einmal die Augen zu ihr, und blieb während des ganzen Mahles düster und nachdenklich. Frau von Ayères, die den Abgrund nicht ahnte, der hart vor ihr lag, neckte ihn lachend über sein Stummsein und behauptete, daß er wieder einmal Grillen fange. Er gab eine ausweichende Antwort, schien auch seine Schlaffheit bekämpfen zu wollen, aber es gelang ihm nicht. Kaum hatte man sich vom Tische erhoben, als er sich sofort auf die Terrasse flüchtete und, eine Cigarre rauchend, mit raschen Schritten, wie dies seine Gewohnheit war, auf und ab wandelte.

Edmee sah ihn mit gesenktem Haupte an dem Fenster vorbeischreiten. Woran mochte er denken? Welch verruchten Hoffnungen gab er sich hin? Er schien gebeugt, wie unter einer schweren Last; es war wohl die seiner Verworfenheit.

Er war es in der That. Der Zufall, der ihm zu seiner eignen Ueberraschung während eines Augenblicks Fräulein von Croix-Mort in die Arme geführt, hatte jäh den Schleier zerrissen, der seit einem Monate seinen Geist umflorte. Wie ein Blitzstrahl hatte es ihn plötzlich erleuchtet. Er erkannte nun das Gefühl, das ihn zu dem jungen Mädchen zog, und diese furchtbare Entdeckung hatte ihn völlig außer Fassung gebracht.

Die widerstreitendsten Empfindungen bekämpften sich in Ferdinands Seele. Er empfand Mitleid, Scham, Zorn und dazwischen eine Art gräßlicher Wollust. Er sagte sich, daß er sich einem widernatürlichen Gefühle hingebe, und dachte zugleich, daß Edmee anbetungswürdig sei. Er verdammte und rechtfertigte sich gleichzeitig. Ein unseliger Konflikt erhob sich zwischen seinem Gewissen und seinen Begierden. Alles, was noch rein und edel in ihm geblieben, empörte sich, und alles Ungesunde und Verderbte, was das schlechte Leben, das er geführt, in ihm entwickelt hatte, steigerte sich zu einer fürchterlichen Trunkenheit. Der gute und der böse Engel stritten sich noch um diese geängstigte Seele und kämpften noch mit gleichen Waffen. In dieser entscheidenden Stunde hatte ein teilnahmsvolles Wort von Edmee, *eine* keusche Thräne aus ihren Augen den Unglücklichen, der willenlos zwischen seinen angeborenen Tugenden und seinen erworbenen Lastern schwankte, bereuend und gebessert ihr zu Füßen geworfen.

Nach einer Viertelstunde etwa kehrte er in den Salon zurück, mehr vor Aufregung als vor Kälte fröstelnd, und nahm mit niedergeschlagenen Augen am Kamin Platz in der Haltung eines Verurteilten, der die Vollstreckung des Urteilsspruches erwartet.

Fräulein von Croix-Mort saß arbeitend an dem Tische neben ihrer Mutter; die Nadel zitterte in ihren Fingern, indes ihr Herz mit gewaltigen Schlägen in ihrer Brust hämmerte. Seit kurzem vermochte Frau von Ayères nicht länger als eine Stunde stillzusitzen, da ihr bei längerer Unbeweglichkeit die Füße einschliefen. Ferdinand kannte diese Eigenheit und wartete sehnsüchtig auf den Augenblick, wo Regine, um ihre Glieder wieder zu beleben, sich in der angrenzenden Galerie ein wenig ergehen würde.

Edmee erbebte, als sie ihre Mutter sich erheben sah. Um ein Alleinsein mit dem Verhaßten zu vermeiden, wollte sie gleichfalls hinaustreten, als Ferdinand sie mit einer raschen Bewegung daran hinderte und, als sie entsetzt aufschreien wollte, in flehendem Tone sagte: »Ich beschwöre Sie, Edmee, entfernen Sie sich nicht! Ich muß Sie sprechen, und ich fühle, daß ich, wenn ich es nicht heute abend thun kann, für immer verloren bin ...«

»Was wollen Sie?« fragte sie, wieder etwas Festigkeit gewinnend.

»Nichts als Ihr Mitleid.«

Sie warf ihm einen vernichtenden Blick zu.

»Verdienen Sie etwas andres, als Verachtung?«

»Sie haben mich ja längst gehaßt,« sagte er schmerzlich erregt, »der Unterschied wird also nicht groß sein.«

»Könnte ich,« entgegnete sie heftig, »andre Gefühle für Sie hegen, der Sie Unruhe und Trübsal in dieses Haus gebracht haben? Ehe wir Sie kannten, war meine Mutter gesund, ruhig und glücklich; heute ist sie krank, sorgenvoll und verzweifelt. Kummer und Sorge waren mir fremd, durch Sie lernte ich Kränkung und Bitternisse kennen. Und nicht genug damit, Sie wußten sich sogar in einem Grade verhaßt zu machen, daß ich es ferner nicht werde wagen dürfen, in diesem Hause zu leben, das meinen Namen trägt, wenn Sie dasselbe nicht verlassen, um nie wieder zurückzukehren.«

Das Blut stieg Ferdinand nach dem Kopfe und rote Flecken wurden auf seinem blassen Antlitz sichtbar.

»Habe ich demnach nichts als Zorn und Heftigkeit von Ihnen zu erwarten?« seufzte er. »Ich bin entsetzlich unglücklich! ... Ich leide mehr, als ich es zu sagen vermöchte ... Wenn Sie wüßten, was ich für Sie empfinde! ... Das ist mehr als Zuneigung, es ist eine überirdische Anbetung! ... Sagen Sie mir doch nur ein einziges weniger hartes Wort! ... Wollen Sie mich hoffen lassen, daß Sie mir vergeben? ...«

Edmees Gesicht nahm einen Ausdruck unversöhnlichen Hasses an, mit übereinander gepreßten Zähnen und blitzenden Augen rief sie: »Niemals!«

»Sie thun unrecht,« murmelte Ferdinand mit dumpfer Stimme, »mit ein wenig Güte könnten Sie aus mir machen, was Sie wollten! ...«

»Ich will nichts aus Ihnen machen,« versetzte Edmee empört; »ich will Sie nicht mehr sehen, nicht mehr hören! ... Ich würde von Herzen gern mein Leben hingeben, um Sie mit einem Worte vernichten zu können ... Wenn Sie nicht der letzte aller Nichtswürdigen und Feiglinge sind, so reisen Sie morgen ab, nehmen Sie meine Mutter mit und lassen Sie sich niemals wieder vor mir blicken! ... Wollen Sie dies thun?«

Er schüttelte den Kopf, indem er ein unheimliches Lachen ausstieß, als ob er dem Wahnsinn verfalle, und wiederholte düster: »Sie thun unrecht.«

»Wohlan denn,« erklärte Edmee, »da ich auch nicht den letzten Rest von Ehre in Ihnen zu erwecken vermochte, s» kann ich mich nur noch an Ihre Klugheit wenden ... Ich sage Ihnen daher, daß ich mich gegen Sie wehren werde, als ob ich es mit einem Räuber zu thun hatte, und ich erkläre Ihnen, daß ich von diesem Augenblicke an, wenn Sie nur wagen sollten, das Wort an mich zu richten, vor den Augen meiner Mutter die Hand gegen Sie erheben werde ...«

Jetzt kündigten nahende Schritte die Rückkehr der Frau von Ayères an. Sie summte sorglos ein Liedchen, ohne eine Ahnung von der furchtbaren Scene zu haben, die sich, einige Schritte von ihr entfernt, hinter der Thür abgespielt hatte. Edmee würdigte Ferdinand nicht einmal eines drohenden Blickes mehr, sie umarmte ihre Mutter und zog sich in ihr Zimmer zurück.

Zwölftes Kapitel

Von jenem Tage an war Edmee auf ihrer Hut. Der Krieg war erklärt und sie war entschlossen, ihn mit der ganzen ihr eignen Heftigkeit fortzuführen. Wäre sie weniger aufbrausend und etwas sanftmütiger gewesen, so hätte sie, wie Ferdinand sagte, eine große Gewalt über ihn auszuüben vermocht, er hätte sich von ihr beherrschen und besänftigen lassen. Sie aber hatte gehandelt, wie ihre Natur es ihr gebot, und mußte demnach die unheilvollen Folgen ihres stolzen, argwöhnischen und unabhängigen Charakters über sich ergehen lassen. Schon als Kind hatte sie sich so wenig sanft und zärtlich erwiesen, daß sie ihre Mutter nicht für sich gewinnen konnte, ja sie benahm sich meist so kalt, scheu und zurückhaltend, daß die leichtfertige, empfindsame Regine sich von ihr abgewendet hatte. Als diese sich mit Herrn von Ayères verbinden wollte, hatte sie sich empört und mit erstaunlicher Kühnheit gekämpft; heute stieß sie durch ihre unerbittliche Strenge einen Unglücklichen ins Verderben, den eine einzige Regung von mitleidigem, großmütigem Erbarmen zum Guten zu leiten vermocht hätte.

Sie selbst überkamen Anfälle wilder Verzweiflung. Fast den ganzen Tag in ihrer Arbeitsstube eingeschlossen, berührte sie dennoch keinen Pinsel, da alle Arbeitslust von ihr gewichen war. Mit starrem Blicke, auf einem Sofa ruhend, prüfte und überdachte sie ihre schreckliche Lage von allen Seiten, ohne indes zu einer glücklichen Lösung zu gelangen. Immer stand als unüberwindliches Hindernis ihre Mutter vor ihr, der sie so lange als möglich die niederschmetternde Enthüllung ihres gemeinsamen Unglücks vorenthalten wollte. Das Kloster war das einzige Verteidigungsmittel, das sie ausfindig machen konnte.

Sie erschien zum Frühstück und bei der Mittagstafel, doch nach jeder Mahlzeit eilte sie, sich in ihrem Zimmer einzuschließen. Erst hinter der verriegelten Thür atmete sie auf. Dieses anhaltende Bedürfnis nach Einsamkeit konnte nicht verfehlen, Regine in Erstaunen und Unruhe zu versetzen. Wie, das junge Mädchen hörte plötzlich auf, im Salon zu verweilen, richtete kein Wort mehr an Ferdinand, nachdem sie zuvor in freundschaftlicher Vertraulichkeit miteinander verkehrt hatten! In all diesem lag Grund genug zu bedenklichen Betrachtungen, und Edmee sah voll Bangen dem Augenblick entgegen, wo ihre Mutter Argwohn fassen würde.

Glücklicherweise wendete Regine sich zuerst an Ferdinand behufs Aufklärungen. In der gereizten Stimmung, die er zu verhehlen gezwungen war, konnte er seine Fassung nicht bewahren und erging sich in bitteren Klagen über das elende Leben, das er zwischen einer eitlen, verdrießlichen Frau und einer störrischen, stummen Tochter verbringen mußte. Er fluchte dem Wetter, das so garstig, dem Schlosse, das so schauerlich einsam, und zeigte sich derart gedrückt und entmutigt, daß Regine in heller Verzweiflung ihm den Vorschlag machte, am nächsten Tage mit ihm nach Paris zurückzukehren. Sie glaubte damit seinen Wünschen entgegenzukommen, er aber wies sie barsch zurück. Schließlich fing sie zu weinen an und verdoppelte durch ihre Thränen seine Gereiztheit, deren wahre Ursache er ihr vorenthielt. Er wurde nun brutal, ließ sie hart an, und als er sah, daß sie mit Entschuldigungen und Klagen nicht zu Ende kommen sollte, entfernte er sich, um nicht von dem wahnsinnigen Verlangen, ihr ein Leid anzuthun, überwältigt zu werden.

Sodann befragte sie Edmee über die Gründe ihrer plötzlichen scheuen Zurückhaltung. Das junge Mädchen spielte die Erstaunte und gab vor, die Beobachtungen ihrer Mutter gar nicht zu verstehen. Sie sei wie gewöhnlich, nur beteilige sie sich, weil eine in hohem Grade fesselnde Arbeit sie völlig in Anspruch nehme, vielleicht etwas weniger als früher an dem gemeinschaftlichen Leben. Wenn aber jedermann im Schlosse sich so zu beschäftigen wüßte, wie sie, so gäbe es keinen Müßiggang und folglich auch keine Langeweile. Ihre Liebhaberei sei das Malen; Herr von Ayères habe die Jagd und Ausflüge. Worüber hätte er sich also zu beklagen?

Sie äußerte sich in gemäßigter, äußerst taktvoller Weise, indem sie sich bemühte, sich zu beherrschen und die heftigen Worte nicht laut werden zu lassen, die sich ihr auf die Zunge drängten. Es gelang ihr, die Besorgnisse ihrer Mutter irrezuleiten und ihr die Ueberzeugung beizubringen, daß die Ursache des Zwistes nicht von ihr herrühre.

Hierauf zögerte Regine nicht länger und eröffnete ihr Herz rückhaltlos der Tochter. Sie gestand ihr, welche Qual ihr die unbändige, düstere Laune Ferdinands verursache. Sie ließ sie in ihr Herz sehen und enthüllte ihr einen Teil des geheimen Abgrundes ihrer Schmerzen; sie flehte Edmee um Beistand an, nicht um das Glück zu finden, sondern bloß um sich etwas Ruhe zu verschaffen. Ihr junges, frisches Gesicht war der Reiz des Hauses, und seit sie sich absonderte, war alles düster und trüb geworden. Sie erflehte es als einen Beweis ihrer kindlichen Liebe von ihr, sich weniger abseits zu halten, indem sie behauptete, daß von dem Augenblicke an alles besser gehen würde.

Fräulein von Croix-Mort hörte diese entsetzliche Forderung an, ohne mit der Wimper zu zucken. So sollte sie sich demnach als Köder gebrauchen lassen, um denjenigen anzulocken, gegen den ihr verletztes sittliches Gefühl sich aufbäumte und den sie für immer meiden wollte! Und dies alles aus kindlicher Liebe. Das Herz von Abscheu geschwellt, doch mit ruhiger Stirn willigte sie ein, sich dem Wunsche Regines zu fügen. Mit bitterer Freude nahm sie die Liebkosungen und Danksagungen ihrer Mutter hin, und um deren Unruhe zu besänftigen, setzte sie ihre eigne Sicherheit aufs Spiel.

Edmees Wiedererscheinen im Salon übte auf Ferdinand einen wohlthuenden Eindruck aus, die Spannung seiner Nerven ließ nach, ein flüchtiger Strahl von Freude erhellte sein Antlitz, Er machte sich keine Hoffnungen, aber er war glücklich, diejenige zu sehen, an die er unaufhörlich denken mußte. Er nahm in ziemlicher Entfernung von ihr Platz, griff nach einem Buche, in welchem er langsam blätterte, dann ließ er allmählich den Kopf auf die Stuhllehne zurücksinken und that, als ob er einschlummere. Er schlief aber nicht, und Edmee fühlte seinen Blick, der starr und beharrlich auf ihr ruhte, gleich der fixen Idee, die ihn beherrschte. Ohne daß er es ahnte, hatte sie ihn im Spiegel ihres Arbeitstischchens wiederholt beobachtet, und der Ausdruck seines Gesichtes flößte ihr Entsetzen ein. Er ließ sie keinen Moment aus den Augen, seine Blicke folgten ihr, hüllten sie förmlich ein und schienen sie zu liebkosen.

Das Leben des Fräuleins von Croix-Mort wurde jetzt in der That unerträglich. Sie hörte nicht auf, zu fürchten, ohne genau zu wissen was; es war eine unausgesetzte, blinde Angst, welche bei jeder Gelegenheit in ihr aufstieg und aus dem Unbedeutendsten Nahrung zog. Wenn sie zufällig die Treppe hinabging und einen Schritt hinter sich vernahm, so flog sie auf die Gefahr hin, sich die Beine zu brechen, die Stufen hinab, nur um früher unten anzulangen.

Im ersten Stockwerke befand sich auf der Flur zwischen ihrem Zimmer und dem Treppenabsatz ein dunkler Winkel, an welchem sie niemals vorüberging, ohne daß eine unsägliche Furcht ihr die Stirn mit feuchten Angstperlen bedeckte. Leicht konnte ein Mann sich dort verborgen halten, und stets fürchtete sie Ferdinand gleich einem entsetzlichen Gespenst aus dem Versteck hervortreten zu sehen.

Nachts horchte sie während langer schlafloser Stunden mit gespanntem Ohr argwöhnisch auf das leiseste Knistern im Wandgetäfel, achtete auf das flüchtigste Geräusch, auf jedes verdächtige Rascheln in dem Gange, der an ihr Zimmer stieß. Sie hielt den Atem an, um besser lauschen zu können, und öfters glaubte sie, ersticktes Seufzen hinter der Thür zu vernehmen. Bevor sie zu Bette ging, gebrauchte sie stets die Vorsicht, nachzusehen, ob der Riegel oder das Schloß nicht etwa losgeschraubt wären. Sie machte sich auf alles gefaßt und hielt sich bereit, sich wenn es sein müßte, bis zum Tode zu verteidigen.

Aber trotz ihres Mutes war diese Existenz kein Leben mehr zu nennen; ihr Aussehen fing an, sich zu verändern, sie verfiel sichtlich. Diese fortwährende Anspannung ihres Geistes war die schmerzlichste der Qualen. Lügen, sich verstellen und Argwohn hegen müssen, sie, welche die Ehrlichkeit, die Freimütigkeit, das Vertrauen selbst war? War nicht ein offner Skandal, der diesem stummen, niedrigen Kampfe ein Ende machte, weit besser? Aber wann sollte diese zugleich befreiende und furchtbare Katastrophe endlich einmal stattfinden? Der Monat Dezember begann und noch immer war keine Rede von der Reise nach Paris. Würde sie den ganzen Winter in dieser peinlichen Lage verharren müssen?

Die einzigen ruhigen Augenblicke, die Edmee noch fand, verdankte sie dem Pfarrer, wenn er Sonntags zu Tisch kam. In seiner Gegenwart lebte sie wieder auf, ein Lächeln erschien wieder auf ihren bleichen Lippen, und ihr Auge nahm den ihm eignen ruhigen, treuherzigen Ausdruck an. Mehr als einmal fühlte sie sich gedrängt, ihm alles zu vertrauen. Es mußte ihr große Erleichterung gewähren, ihr Herz dem Greise, der ihr so liebevoll zugethan war, eröffnen zu dürfen.

Sie zog ihn dann auf die Terrasse hinaus, mit bebender Stimme und fieberhaft eiligen Schritten, doch in dem Maße, als der Augenblick zum Sprechen herannahte, wurde ihr Gang langsamer und ihre Stimme geriet ins Stocken. Ein Gefühl der Scham drückte sie nieder, als ob von dieser Leidenschaft, deren Gegenstand sie war, irgend etwas Beschimpfendes auf sie selbst zurückgefallen wäre. Der treffliche Mann fragte dann wohl: »Was haben Sie denn, mein teures Fräulein? Sie sind erregt. Geht vielleicht nicht alles nach Ihrem Wunsche? Es ist schon ziemlich lange her, daß Sie mir nicht mehr die Freude machen, mich abzuholen und mich auf meinen Gängen zu begleiten ...«

Sie gab eine ausweichende Antwort, weil sie sich noch nicht entschließen konnte, zu reden, und hielt das furchtbare Geständnis zurück, das, wie ihr dünkte, beim Aussprechen ihr die Lippen verbrennen müßte.

Eines Tages endlich machte sich ihr übervolles Herz in krampfhaftem Schluchzen Luft, was den Alten in tiefe Bestürzung versetzte. Mit starrem Blicke blieb er vor dem jungen Mädchen stehen, das seinen Arm ergriffen hatte, um nicht umzusinken, und von einem nervösen Zittern ergriffen, dem Ersticken nahe schien; er stammelte: »Meine Tochter, mein liebes Kind ... Hören Sie doch, Edmee! ... Was ist denn vorgefallen? Soll ich Ihre Frau Mama rufen?«

Fräulein von Croix-Mort raffte sich auf und stieß ein solch entschiedenes »Nein« heraus, daß der Pfarrer irgend einen geheimnisvollen, schrecklichen Vorfall zu ahnen begann. Und im selben Augenblicke war er wieder Priester geworden, ernst und fest, mit ermutigenden, barmherzigen Worten auf den Lippen, bereit, im Namen seines göttlichen Meisters Trost zu spenden oder Sünden zu vergeben.

Sie stiegen langsam bis zum Rande des Teiches hinab und ließen sich hier auf der Bank des Landungsplatzes nieder.

Die Boote, die sich an ihren Ketten schaukelten, waren voll von den welken Blättern der Uferweiden, die Schwäne glitten stolz und scheu auf der Oberfläche des Wassers hin. Edmee gedachte wehmütig des Tages, wo sie bei ihrem Anblicke den Entschluß gefaßt hatte, einsam und rein zu bleiben gleich ihnen. War diese Reinheit durch die niedrigen Gelüste, von denen sie sich umgeben fühlte, nicht schon in irgend einer Weise befleckt? Thränen entquollen von neuem ihren Augen, und der gute Pfarrer fing an sich voll Bangen zu fragen, ob das Herz, das ein solches Weh berge, schuldlos sein könne?

»Sagen Sie mir alles, mein Kind,« sagte er, einen Seufzer erstickend. »Hier oder im Beichtstuhl wird Ihr Geheimnis gleich treu bewahrt werden.«

Edmee erriet den Argwohn, der die Seele ihres Freundes beschlich; sie errötete, hob die Augen mit offnem Blicke zu ihm empor und erwiderte, ihren ganzen Mut zusammenraffend: »Ich habe keine Beichte abzulegen, guter Vater, ich will mir bloß Ihren Rat erbitten ... Ich habe mir keinen Vorwurf zu machen ... wenn Sie mich aufgeregt sehen, so kommt dies daher, weil ich mit meiner Kraft zu Ende bin und nicht mehr weiß, woran mich aufrecht halten und an wen mich wenden.«

Hierauf enthüllte sie dem Greise mit entsetzlicher Klarheit, ohne zu zaudern oder schwach zu werden, in *einem* Zuge die furchtbare Wahrheit. Er hörte sie schweigend und entmutigt an.

Er, dem so viele böse Gedanken und strafbare Handlungen vertraut wurden, er hätte doch nimmermehr gewagt, ein solch trauriges, furchtbares Geheimnis zu ahnen. Was sollte er diesem Kinde sagen, das doppelt schwer getroffen war, da sich zu der Beschimpfung, die sie selbst erleiden mußte, noch die ihrer Mutter gesellte? Was ersinnen, um sie zu verteidigen und zu beschützen? Er verharrte in regungslosem Entsetzen; voll Angst glaubte er das Lachen der Dämonen zu vernehmen, die den Himmel höhnten und über das begonnene höllische Werk frohlockten.

»Unser erbärmliches Menschengeschlecht,« sagte er endlich in traurigem Tone, »stammt von der Sünde her, das Verbrechen befleckt seine Herkunft. Das Böse ist in uns und wir erliegen ihm nur zu leicht. Aber es gibt verschiedene Grade der Verderbnis, und ich hätte nicht gedacht, daß ein Mensch so tief sinken könnte ... Armes Kind! Wie beklage ich Sie um Ihres Unglücks willen und wie bewundere ich Sie wegen Ihres Mutes! ... Sie sind wahrhaftig eine Heilige, jede Missethat wird vor Ihnen zu schänden werden.«

Die Rührung übermannte ihn, er drückte heftig den Arm des jungen Mädchens und fuhr fort: »Es ist unmöglich, daß der Himmel Sie verläßt! ... Gott vermag zur rechten Zeit dem Bösen unüberwindliche Hindernisse in den Weg zu stellen, seien Sie dessen gewiß ... Wir wollen ihn aus ganzem Herzen anflehen, und er wird uns seinen Schutz nicht versagen, mein liebes, gutes Kind ... Man darf sich jedoch nicht ausschließlich auf die Vorsehung verlassen ... Ich wäre ein Narr, wenn ich Ihnen nicht raten würde, Sicherheitsmaßregeln zu treffen ... Sie wissen, wie sehr ich Sie liebe, und ich hoffe, Ihnen auch noch in andrer Weise als durch Gebete nützlich sein zu können. Glauben Sie nicht, daß man Frau von Ayères die Augen öffnen müßte? ... Wünschen Sie, daß ich mit ihr spreche? ...«

Allein Edmee, die schon lange die größte Sorge trug, der Baronin die Wahrheit zu verbergen, beschwor den Geistlichen, dies nicht zu thun.

»Bedenken Sie denn nicht, daß nur sie Ihnen den wirksamsten Schutz zu bieten vermöchte?«

»Nein, ich habe von ihr keinen Schutz zu erwarten. Ich weiß, wie schwach sie ist und wie leicht sie sich entmutigen läßt! ... Sie hat von diesem Unglücksmenschen schon sehr viel erdulden müssen, ohne daß sie die Kraft besessen hätte, sich zur Wehr zu setzen ... Ich kann Ihnen nicht alles sagen, was ich während der zwei Monate der Aufregungen und Feste, welche diesen traurigen Wochen vorangingen, vernommen und erraten habe ... »Man nahm sich vor mir nicht in acht ... Man sprach und handelte, ohne sich einen Zwang aufzuerlegen ... Wenn Sie wüßten, welche Demütigungen und Beleidigungen meine arme Mutter ertragen mußte! ... Unter den Frauen, die unter ihrem Dache lebten, an ihrem Tische speisten, ihr schmeichelten und sie umarmten, befanden sich mehrere, die ihre Nebenbuhlerinnen waren oder gewesen waren... Ich schäme mich, diese Dinge zu wiederholen! ... Aber man trieb ganz offen seinen Scherz darüber... Und sie, Herr Abbé, sie wußte es, ich bin dessen gewiß, denn es gab Tage, wo sie insgeheim die Spitzen ihres Taschentuches zerriß, indes ein Lächeln auf ihrem Angesichte ruhte ... Und all dies erduldete sie still! Wie wollen Sie nun, daß sie mir beistehen soll, wenn sie sich selbst nicht zu helfen vermochte? Nein! Nein! Ich werde ihr diese Qual ersparen ... ich will ihre letzten Illusionen schonen und werde ihr das Vorgefallene erst an dem Tage mitteilen, wo es für mich gar keine andre Zuflucht mehr geben sollte, als einzig und allein in ihren Armen!«

Beide schwiegen eine Weile, ernstem Nachdenken hingegeben. Der Geistliche bewunderte den Mut dieses Kindes und suchte mit umflortem Auge auf ihrer schönen Stirn das Strahlendiadem der Märtyrerinnen.

»Und er ... soll ich nicht mit ihm sprechen?« hub er wieder an. »Wer weiß, ob er bei dem Gedanken, daß ich von seinen sträflichen Wünschen Kenntnis habe, nicht vor sich selbst erröten würde! ... Die Augen eines rechtschaffenen Menschen sind ein klarer Spiegel ... würde er in die meinen blicken, so würde er sich so entartet und verabscheuungswürdig finden, daß er sich Vielleicht bessern würde.«

Edmee schüttelte zweifelnd das Haupt.

»Versuchen Sie es, guter Vater,« sprach Edmee, »obgleich ich kaum hoffe, daß Sie einen Erfolg erzielen werden. Wenn ich mich Ihnen heute anvertraute, so geschah es bloß deshalb, weil ich meine Kraft erschöpft fühlte. Sie haben mir stets Zuneigung bewiesen, kannten mich, als ich noch Kind, noch ruhig und glücklich war, und so dachte ich, daß ich auch heute auf Ihre Teilnahme rechnen dürfe ...«

»Ach, teures, gutes Kind!« rief der Geistliche weinend aus. »Warum steht es nicht in meiner Macht, all Ihr Leid auf mich zu nehmen und Ihnen den Frieden und die Hoffnung wiederzugeben! ... Ich würde mich mit Freuden unserm Herrn als Opfer anbieten! ... Ich will ihn bitten, meinen Worten die Kraft der Ueberzeugung zu leihen ... Wenn Sie mich morgen kommen sehen, so gehen Sie fort und erwarten Sie mich im Pfarrhause ... Sobald die Unterredung beendigt sein wird, werde ich Sie aufsuchen ... Bis dahin haben Sie Vertrauen.«

Ohne ein weiteres Wort erhoben sie sich und kehrten langsamen Schrittes ins Schloß zurück, beide bestrebt, ihrem Gesichte die Maske der Gleichgültigkeit anzulegen.

Am nächsten Tage erging sich Edmee traurig in dem Garten des Pfarrhauses. Sie schritt die schmalen, langen, ihrer Blumen beraubten Beete entlang, welche der Küster, der zugleich Totengräber war, mit demselben Spaten bestellte, der ihm zum Schaufeln der Gräber diente. Im Hintergrunde wölbte sich, an die Kirchhofmauer gelehnt, eine Laube, die zur Sommerszeit ein wilder Weinstock mit seinem rötlichen Laube umrankte. Sehr häufig hatte das junge Mädchen in derselben gesessen neben dem alten Glasmaler, ihrem Lehrer, der jetzt unter dem grünen Rasen schlief, zunächst bei der Kirche, die er restauriert und verschönert hatte. Während sie plauderten und der Alte dem Kinde irgend eine naive Geschichte zum besten gab, pflegte der Pfarrer, in seinem Brevier lesend, im Schatten der Mauer auf und nieder zu wandeln. Wie weit ab lagen jetzt schon jene friedlich verflossenen Stunden! Glückliche Erinnerungen, die sie gern zurückrief, welche jedoch jetzt durch andre, durch schauerliche verdrängt worden waren, die ihr das Herz beklemmten.

Sie nahm in der ihres grünen Schmuckes beraubten Gartenlaube Platz, von deren grauem Gittermerk noch manche vom Herbstwinde verdorrte Ranken niederhingen, und versenkte sich in diese vor ihr aufgetauchten Bilder aus der Vergangenheit, Sie sah sich als ganz kleines Kind; von ihrer Bonne Rosalie war sie eben hergebracht worden, um die Unterrichtsstunden zu nehmen, und während sie wartete, bis der Pfarrer mit dem Buche in der Hand auf der Schwelle der Sakristei erschien, lauschte sie nach dem Atelier des alten Vaters hinüber, der mit einem Diamant Glasstücke schnitt.

Eine stille Freude erfüllte sie, alles dünkte ihr schön und gut, weil sie sich überall von Liebe umgeben fühlte. Fand sie, nach Croix-Mort heimkehrend, nicht ihre Mutter, die müßig und lächelnd auf dem Sofa ruhte und sie zärtlich umarmte? Sodann speisten beide in gewohntem Alleinsein, und abends ging sie mit schlafbeschwerten Augen zu Bette und schlummerte ruhig unter den weißen Vorhängen ein, von keiner andern Sorge bedrückt als der, ihr Nachtgebet nicht zu vergessen. Ihr Gemüt war nicht umdüstert wie heute, sie konnte frei aufatmen, alles, Menschen sowohl als Dinge, machte ihr Freude, und nur heiteres Blau sah sie vor ihren Blicken.

Das Oeffnen der Gartenthür entzog sie ihren Betrachtungen; sie sah den Geistlichen, finster wie ihr Geschick, auf sich zuschreiten, und alle ihre Illusionen entflatterten im Augenblick gleich einer Schar emporgescheuchter Vögel, um nimmer wiederzukehren. Der würdige Priester ergriff Edmees Hand und drückte sie schweigend; er beeilte sich nicht mit seinen Mitteilungen, weil er dieselben trostlos fand, und sie hielt es für überflüssig, ihn zu fragen, weil ihr jede Hoffnung plötzlich entschwunden war.

Endlich stieß der Abbé einen Seufzer aus, der jedoch sein beklommenes Herz nicht erleichterte, und wendete sich an Fräulein von Croix-Mort.

»Ich habe den Unglücklichen gesehen,« begann er, »und was ich von ihm zu hören bekam, flößte mir ein Entsetzen ein, von dem ich mich noch nicht erholen kann ... Während einer Stunde hielt ich ihn fest, indes ich ihm Vernunft zusprach, ihn zu besänftigen, zum Mitleid zu bewegen trachtete. Doch einer Art Delirium preisgegeben, schien er mich nicht zu verstehen. Wenn ich nicht gewußt hätte, daß er noch nüchtern war, so würde ich ihn für betrunken gehalten haben, so erschreckend waren seine entstellten Gesichtszüge ... Er beantwortete meine sanften Vorstellungen mit namenloser Heftigkeit, fluchte dem Himmel und der Erde, klagte das Schicksal an und ergoß sich in Gotteslästerungen ... Dieser Mensch, liebes Kind, hat die Hölle im Busen. Er sagt, daß er furchtbar leide, und ich glaube nicht, daß er lügt ... Sein Wesen drückte ein herzzerreißendes Weh aus, er vergoß Thränen, welche auf seinen brennenden Wangen augenblicklich trockneten. So muß den Dämonen zu Mute sein. Er hat mir Furcht eingejagt! ...«

»Und worüber beklagt er sich?« fragte Edmee mit ruhiger Stimme. »Kann er die Ursache seiner Leiden anderswo suchen, als in seinem eignen Innern? Welch lasterhaftes Blut rollt in seinen Adern! Ist sein Gehirn nicht vom Wahnsinn erfaßt? Welch raffinierte Verderbtheit! Vermag man an ihm noch etwas Menschliches zu entdecken? Es ist ein wildes, unbändiges Tier, das Sie nur schildern, und nicht ein Mensch. Muß der zwischen ihm und mir entbrannte Kampf nicht unausweichlich zu einem tragischen Ende führen? Muß ich mir das Leben nehmen, um ihm zu entgehen?«

»Sprechen Sie nicht so, meine liebe Tochter,« versetzte der Geistliche. »Sich selbst den Tod geben, ist ein Verbrechen, und Sie werden niemals so weit gehen! ... Nachdem ich die Gewißheit erlangt hatte, daß mit Güte bei diesem Wahnsinnigen nichts zu erreichen ist, so versuchte ich es mit der Strenge ... Ich drohte ihm ... Ich gab ihm zu verstehen, daß, wenn er Sie zum äußersten drängte, Sie zu Ihrem Schutze zu allen Ihnen zu Gebot stehenden Mitteln greifen würden ... Ich ging so weit, sogar das Wort ›Polizei‹ auszusprechen ... War er außer stande, Vernunft anzunehmen, oder schenkte er meinen Worten keinen Glauben? ... Er ließ sich zu neuen Schmähungen hinreißen und ging auch mit mir nicht schonend um, der ich ihn doch kannte und liebte, als er noch ein Kind war ...

Er aber hat alles vergessen ... Nur als ich ihm ein Bild entwarf von Ihrer Todesangst und Ihrer Verzweiflung, da schien ein Schimmer von Einsicht in ihm aufzuleuchten ... Seine zornige Erregung schwand zusehends und er verharrte einen Augenblick in tiefer Niedergeschlagenheit; dann sagte er: ›Teilen Sie ihr mit, daß ich sie allein, ohne Zeugen zu sprechen wünsche ... Ich muß mich mit ihr verständigen ... ihre Macht über mich ist ohne Schranken ... sie weiß es! ... Es handelt sich bloß darum, daß es ihr gefallen möge, sie zu gebrauchen ... Fragen Sie sie, ob sie meiner Bitte willfahren will ... In fünf Minuten lassen sich oft gar manche schwere Dinge ordnen ...‹ Ich erwiderte ihm, daß ich kaum glaube, Ihre Einwilligung zu erhalten, daß es im Gegenteil an ihm sei, Ihnen einen Beweis seines guten Willens zu geben, und daß der erste und wertvollste in seiner augenblicklichen Abreise bestehe ... Hierauf spottete er: ›Sie will mich von sich entfernen, will, daß ich abreise mit dem Gedanken, sie verachte und hasse mich? ... Sie weiß, ich könnte so nicht weiterleben und daß sie auf diese Weise sehr rasch mit mir fertig werden würde ... Das ist ihr Wunsch!‹ – ›Kann sie etwas anders wünschen?‹ gab ich zurück. Er sah mich starr an: ›Es mag sein! Aber ihr Narr werde ich doch nicht sein.‹

»Er nickte mit dem Kopfe und wiederholte: ›Ihr Narr nicht! ... Nein! ... Nein!‹ Und damit entfernte er sich. Was fordert er? Was bedeuten seine dunklen Worte? Bereut er, was er gethan? Will er sich entschuldigen? Wäre es klug, ihm die Unterredung zu bewilligen? Wäre es gefährlich? Ich getraue mich nicht, Ihnen hierin einen Rat zu geben ... Ich bin ein einfacher Mensch, dessen Leben ohne Erschütterungen und ohne Wechselfälle verflossen ist ... Ich kenne die List und Verwegenheit des Lasters nicht. All das, was ich seit vierundzwanzig Stunden erfahren und gesehen habe, verwirrt und erschreckt mich ... Ich glaubte es heute eher mit einem Wahnsinnigen zu thun zu haben, als mit einem Wesen, das seiner Sinne mächtig ist ... Ich befürchte die größten Gefahren für Sie und weiß nicht, Sie zu verteidigen.«

Edmee lächelte, still ergeben.

»Ich gedenke keinen Schritt allein aus dem Hause zu thun und mich nie von meiner Mutter zu entfernen. Sollte es schließlich zum äußersten kommen, so werde ich gezwungen sein, ihren Schutz anzurufen ... Doch werde ich mich niemals irgend einer seiner Anforderungen fügen und ich bewillige ihm, wie Sie es ihm bereits höchst verständig auseinandersetzten, die Unterredung nicht. Weiß Gott, wie weit seine Ansprüche gehen würden, wollte ich ihm nur einmal nachgeben!«

Das junge Mädchen verließ den Garten in Begleitung des Geistlichen, der mit ihr bis zum Thor des Schlotes ging und nicht eher umkehrte, als bis er sich vergewissert hatte, daß sie nichts mehr zu befürchten hebe.

So wenig mißtrauisch die Baronin auch war, so empfand sie doch mehr als bloßes Erstaunen, als sie die Zurückhaltung bemerkte, welche Ferdinand und Edmee hartnäckig gegeneinander bewahrten. Hätte ihre Tochter die feindselige Haltung, welche sie in der ersten Zeit Herrn von Ayères gegenüber beobachtet, nie abgelegt, so würden ihre Kälte und ihr Schweigen keiner Erklärung bedurft haben; doch während der letzten Wochen hatten sich die Beziehungen zwischen den beiden wenn auch nicht gerade freundschaftlich, so doch erträglich gestaltet.

Ein gewisses familiäres Benehmen hatte den Eindruck einer Art von Kameradschaft zwischen der erwachsenen Tochter und dem jungen Ehegatten hervorgebracht. Und in dem Augenblicke, da Regine sich schon freute, ein gutes Einvernehmen walten zu sehen, war die Uneinigkeit plötzlich ausgebrochen und schien so hartnäckig, daß kaum zu hoffen war, sie werde aufhören, sondern viel eher zu befürchten stand, sie werde sich von Tag zu Tag vergrößern. Weshalb? Was war vorgefallen? Unablässig stellte sie sich diese Frage, ohne eine befriedigende Antwort finden zu können. Es blieb alles dunkel, geheimnisvoll, unerklärlich.

Sie nahm sich vor, die beiden zu beobachten; es gelang ihr jedoch nicht, sie beisammen anzutreffen. Sie mieden einander oder vielmehr, wie sie bemerkte, mied Edmee den Baron. Vor einigen Tagen hatte sie den Versuch gemacht, sie einander zu nähern, und Edmee war trotz ihres sichtlichen Widerwillens im Salon erschienen; doch saß sie stundenlang, ohne den Mund zu öffnen, und begann erst dann etwas aufzutauen, als Ferdinand sich entfernt hatte.

Regine kannte die Charakterfestigkeit ihrer Tochter, sie wußte, daß sie übernommenen Verpflichtungen treu nachkomme. Wenn sie ihr Versprechen, Herrn von Ayères freundlicher zu begegnen, nicht hielt, mußte sie dafür ernste Gründe haben, und zwar solche, die erst in jüngster Zeit entstanden sein konnten. Diese so tiefe Abneigung offenbarte sich erst seit dem letzten Reitausfluge. Aber beide wollten dies nicht zugeben, beide leugneten, daß irgend etwas zwischen ihnen vorgefallen sei, und suchten sie, freilich erfolglos, über ihre wahren Gefühle zu täuschen.

Eine unsägliche Betrübnis lastete schwer auf Regines Seele. Rasch gealtert, nachdem sie sich so viele Jahre jung erhalten hatte, beurteilte sie jetzt klar ihre Handlungsweise und machte sich bittere Vorwürfe, ihre Tochter ihrem Gatten geopfert zu haben. Sie hätte so gerne beide an sich gefesselt und ihr Unrecht durch beständige Güte wieder ausgeglichen. Sie hatte gewähnt, sich Edmees Liebe bewahren zu können und dem jungen Mädchen in Ferdinand einen Bruder zu geben. Immer sentimental, hatte sie sich einen Roman aufgebaut und war dem verlockenden Hange ihrer glückverheißenden Phantasiegebilde gefolgt, indes das Schicksal geschäftig war, ihr eine furchtbare Wirklichkeit zu bereiten.

Dreizehntes Kapitel

Aus dem Pfarrhause zurückgekehrt, traf Fräulein von Croix-Mort ihre Mutter im Salon neben dem Feuer in halbliegender Haltung. Sie umarmte sie, und Frau von Ayères fühlte die Frische, welche Edmee von draußen mitbrachte. Regine zog ihre Tochter an sich; indem sie den Arm um ihren Leib legte, zwang sie dieselbe, sich auf den Rand des Diwans niederzulassen, und sie festhaltend, sicher, daß sie ihr nicht entschlüpfen würde, wie sie es gewöhnlich that, wenn eine zu direkte Frage sie in Verlegenheit setzte, betrachtete sie sie schweigend, mit fragendem, forschendem Blicke.

Edmee hatte in jüngster Zeit ihre frische Farbe verloren, das Oval ihres Gesichtes hatte sich verlängert, wodurch die Festigkeit ihres willensstarken Kinns noch mehr hervortrat. Die schlaflosen Nächte hatten schwarze Ringe um ihre Augen gezeichnet, ihr treuherziger Ausdruck war jedoch unverändert geblieben.

Frau von Ayères ergriff Edmees Hand, und dieselbe in der ihren haltend, sagte sie traurig: »Nun, mein liebes Kind, du willst mir also nichts gestehen? Hast du denn kein Vertrauen zu mir? Und dennoch mußt du ja fühlen, daß ich dich liebe und daß ich leide, dich so gequält und unglücklich zu sehen. Laß hören, mein Liebling, eröffne mir dein Herz. Was hast du?«

Edmee wurde totenbleich, Thränen schimmerten in ihren Augen, das Herz that ihr so wehe, als ob es ihr in der Brust zermalmt würde; dennoch antwortete sie fest und ruhig: »Es ist nichts, Mama. Beunruhige dich nicht ... Wäre es etwas, so würde ich es dir sagen.«

»Aber begreifst du denn nicht, daß du mit deinen Versuchen, mich zu beruhigen, mich noch mehr aufregst? ... Deine Worte sind zweideutig ... Höre, sprich offen mit mir ... Ich bitte dich darum ... Ich befehle es dir. Weigerst du dich, mir zu gehorchen?«

Edmee umarmte die bedauernswerte Frau, überschüttete sie mit den zärtlichsten Liebkosungen, blieb jedoch stumm. Sie wollte schweigen, bis ihr das Schweigen zur Unmöglichkeit werden würde, und ihre ungewöhnliche Seelenstärke gestattete ihr, ihren Entschluß auch in der That auszuführen.

Die Mahlzeit verging wie gewöhnlich. Ferdinand plauderte mit einer erkünstelten Lebhaftigkeit, die höchst peinlich wirkte. Nach Tisch zog er sich zurück, um zu rauchen, während Frau von Ayères und Edmee sich in ihre Gemächer begaben. Es war neun Uhr. Die grauen, schweren Wolken, die während des ganzen Tages drohend am Himmel gehangen hatten, lösten sich in Schnee auf. Ein drückendes Schweigen herrschte, und die weißen Flocken, die nicht der leiseste Windhauch bewegte, fielen senkrecht, eilig, trübselig herab, als ob es sie drängte, die Erde mit einem dichten Leichentuche zu bedecken.

Nachdem Regine ihrer Gewohnheit gemäß einigemale durch das Zimmer geschritten war, vom Kamin zum Fenster, vom Fenster zum Tisch, setzte sie sich, nahm einen Roman zur Hand und begann zu lesen. Sie pflegte spät zu Bett zu gehen, weil sie an Schlaflosigkeit litt. Nach einigen rasch durchflogenen Seiten sank das Buch auf ihre Knie nieder, ihre Augen hafteten starr an dem rotflackernden Feuer und sie vertiefte sich in ernstes Nachdenken.

Das Ticktack der Uhr schläferte sie mit seinem gleichförmigen Geräusch ein, indes draußen der Schnee ohne Unterlaß lautlos sich über die Gehölze im Park breitete. Sie entsann sich, wie Edmee als ganz kleines Kind es sehr belustigend gefunden, über den glänzend reinen Teppich zu laufen, indem sie sagte, der Schnee sei ein guter Freund. Laut jubelnd wälzte sie sich im dichtesten Schnee wie ein junger Wolf. Billet hatte ihr einen mit Fuchspelz ausgeschlagenen Schlitten angefertigt und denselben stundenlang schweißtriefend gezogen, um seinem lieben Fräulein Vergnügen zu machen. Wenn der Schlitten zuweilen umfiel, brach Edmee in schallendes, lustiges Lachen aus. Regine war es, als vernehme sie es in diesem Augenblicke, und ein Seufzer schwellte ihre Brust.

Dann verschwand der Schnee und sie sah den Park grünend vor sich liegen. Edmee war herangewachsen und durchstreifte ihn in sorgloser Heiterkeit. Ihre Mutter dachte, man werde sie wohl bald verheiraten müssen. Und wirklich stellte sich eines Tages ein vornehmer junger Mann vor. Der schöne Unbekannte mit dem goldblonden Bart war Ferdinand. Hätte sie nicht sofort an ihre Tochter denken sollen? War dieser liebenswürdige Nachbar nicht von der Vorsehung herbeigeführt worden? Als kluge Mutter führte sie ein gutes Einvernehmen zwischen den beiden jungen Leuten herbei. Sie näherte sie einander, lud Herrn von Ayères zuweilen ein und folgte ihm mit gerührtem Blicke, wenn Edmee auf der Terrasse mit ihm spazieren ging. Welch glückliche Zukunft hätte ihr diese Verbindung nicht bereiten können! Enkelkinder hätten sie umspielt mit rosigen Wangen und blondem Haar, schäkernd und lachend. Wie stolz wäre sie gewesen, wenn sie, selbst noch eine junge, wohlerhaltene Frau, für die Mutter der Kleinen gehalten worden wäre, wie vergnügt hätte sie antworten können: »Nein, nein, sie gehören meiner Tochter, ich bin die Großmutter.«

Wieder wechselte die Scene und der Salon erschien. Dieselben Personen fanden sich in ihm vereinigt, sie, Edmee und Ferdinand, aber in gezwungener Haltung, kalt, feindselig einander meidend, indem sie sich weder ansahen, noch miteinander sprachen. Keine Zärtlichkeit mehr, keine Vertraulichkeit, keine kleinen Engel, der Reiz und die Freude des häuslichen Herdes. Die Wirklichkeit zeigte sich jetzt unverhüllt in ihrer ganzen Schrecklichkeit: ein der Ehe überdrüssiger Gatte, der heftig an seiner Kette rüttelte; eine insgeheim gequälte Frau, die litt, ohne klagen zu dürfen; ein eigenwilliges Kind, das sich in unerklärlichem Haß verzehrte. So war es heute, und das hatte sie, Regine, durch ihre Thorheit heraufbeschworen, und wie bitter sie es auch bereuen mochte, gutmachen konnte sie es niemals wieder.

Sie weinte in der Einsamkeit ihres Zimmers lange und schmerzlich, bis allmählich eine Erschöpfung über sie kam und sie einschlummerte.

Es war um Mitternacht, als sie jählings mit einer heftigen Empfindung des Schreckens erwachte. Ihre Lampe war erloschen und auch das Feuer im Kamin verglüht. Sie lauschte angstvoll und vernahm einen Klageton, einen langen Seufzer und schleichende Tritte in der Galerie, die zu dem Zimmer ihrer Tochter führte. Hierauf wurde wieder alles still, und so sehr sie auch ihr Ohr anstrengte, vermochte sie doch nichts mehr zu unterscheiden.

Gedanken, wie sie ihr noch niemals gekommen waren, drängten sich jetzt ihrem Geiste auf und beunruhigten sie aufs höchste. Ein plötzlicher Verdacht regte sich in ihr, bange Zweifel, die sie auf der

Stelle aufklären wollte. Ohne Licht zu machen, öffnete sie ihre Thür und schlich mit geräuschlosen Schritten vorsichtig hinaus.

Draußen herrschte tiefe Dunkelheit und sie konnte sich nur langsam vorwärts tasten. So hatte sie die Mitte des Ganges erreicht, als bei ihrer Annäherung ein Schatten, der vor Edmees Zimmer zu knien schien, sich erhob und verschwand. Frau von Ayères hielt zitternd still. Was hatte das zu bedeuten? Sie wollte ihren Weg fortsetzen, befürchtete jedoch, durch ihr Vorwärtsschreiten vorzeitig Aufmerksamkeit zu erregen. Das Zimmer ihrer Tochter aber mußte sie erreichen, denn dort war das Geheimnis; sie erriet es, ja es war ihr bereits zur Gewißheit geworden.

Plötzlich kehrte sie um. Sie hatte das Mittel gefunden, um zu Edmee zu gelangen, ohne das Schloß in Unruhe zu bringen. Längs der Fassade des Schlosses im ersten Stockwerk erstreckte sich ein Balkon, der von einem Ende zum andern reichte. Frau von Ayères kehrte in ihr Zimmer zurück, hüllte sich in einen Mantel, öffnete das Fenster, stieg hinaus und eilte in dem schon hoch angehäuften Schnee nach dem Fenster des jungen Mädchens. Sie sah das Zimmer schwach erleuchtet und gewahrte in unbestimmten Umrissen eine Gestalt, die neben dem Kamin stand. Leise pochte sie mit dem Finger an die Scheibe, erhielt jedoch keine Antwort. Nun verdoppelte sie das Pochen, indem sie es diesmal mit der Faust versuchte. Wie von wahnsinnigem Schrecken erfaßt fing die Gestalt jetzt an, umherzulaufen.

In höchster Aufregung wollte Regine diesem peinlichen Auftritt ein Ende machen und stemmte sich mit aller Gewalt an das Fenster indem sie rief: »Edmee, ich bin es, öffne! ...«

Es war ihr gelungen, eine Scheibe einzudrücken, die geräuschlos auf den Teppich niederfiel. Sie griff mit der Hand hindurch, öffnete auf die Gefahr hin, sich zu verwunden, und trat rasch ein. Ein herzzerreißender Schrei ertönte aus dem Hintergrunde des Gemachs: »Zu Hilfe, Mama, zu Hilfe!«

Mit verstörtem Blicke erschien Edmee vor ihrer Mutter.

Jetzt standen die beiden Frauen einander gegenüber, beide in gleich großer Aufregung. Fräulein von Croix-Mort gewann zuerst ihre Fassung wieder, sie strich mit der Hand über die Stirne, um sich den kalten Schweiß zu trocknen und stammelte: »Ah, du bist es, Mama?«

»Ja, ich bin es ... Aber du riefst mich ja ... warst bei meinem Anblick erschreckt! ...«

»Ich erschrak, dich durch das Fenster hereinkommen zu sehen ... Ich hatte Furcht ... Ist dies nicht natürlich?«

»Nein, denn du schriest: ›Zu Hilfe! ...‹ Gegen wen also?«

Edmees Antlitz verzog sich schmerzlich, sie senkte das Haupt und setzte sich, ohne eine Antwort zu geben.

»Immer wieder dieses Schweigen!« hub Frau von Ayères wieder an. »Du verheimlichst mir demnach etwas? ... Verbirgst dich vor mir? ... Es muß also etwas Unrechtes sein, was du thust!«

Bei diesen Worten richtete sich das junge Mädchen in die Höhe, eine Flamme blitzte aus ihren Augen, sie faßte ihre Mutter heftig am Arme und rief: »Mich verdächtigst du? ... Mich? ... Mich! Wohlan denn, wenn du es durchaus wissen willst ... so halte dich eine Weile still, warte und du wirst hören!«

Schweigend standen sie da und vermieden einander anzublicken, als befürchteten sie, ihre Empfindungen einander vom Gesichte zu lesen. Eine ziemlich lange Pause verstrich, dann kamen draußen auf der Galerie leise Schritte herangeschlichen, die an der Thür innehielten, und der flehende Ruf: »Edmee! Edmee!« drang, von Seufzern unterbrochen, an ihre Ohren.

Beide vernahmen es, die eine, die nichts mehr zu befürchten hatte, bloß mit tiefer Betrübnis, die andre mit unaussprechlicher Bestürzung. Die Mutter machte jetzt eine fragende Gebärde. Die Tochter öffnete ohne zu sprechen die Thür ihres Ankleidezimmers, wies auf einen Stuhl, der unter einem kleinen, hochangebrachten Fensterchen stand, das auf die Galerie ging. Frau von Ayères stieg rasch hinauf, neigte sich voll entsetzlicher Neugierde über die Oeffnung und erstickte einen Schrei. In demjenigen, der an der Thür des jungfräulichen Gemaches seufzend flehte, hatte sie ihren Gatten erkannt.

Mit jähem Leuchten, wie ein Blitz, überkam sie die Erkenntnis, und die Erinnerung an all die schmerzlichen Vorfälle der letzten Wochen trat lebhaft vor ihre Seele.

Sie begriff jetzt, was ihr unerklärlich geschienen, ermaß die peinlichen Qualen, die Edmee, ohne Klage, ohne Seufzer, heldenmütig erduldet hatte, und niedergedrückt von so viel Großmut, beugte sie sich, als wolle sie niederknieen, indem sie voll Verzweiflung ausrief:

»Vergib, mein Kind, o vergib mir! ... Vergib mir! ...«

Edmee zog ihre Mutter an sich und drückte sie an die Brust. So standen beide eine Weile angstvoll lauschend da, ohne sich zu rühren, ohne zu weinen, wie versteinen vor Schreck.

Das halberleuchtete Zimmer, durch dessen schlecht geschlossenes Fenster Schneeflocken hereinwirbelten, mit den beiden Frauen, die einander innig umschlungen hielten, wie um sich gegenseitig vor dem Unglück zu schützen, bot ein seltsames Bild. Die Mutter fand zuerst ihre Fassung wieder, sie machte sich aus den Armen ihrer Tochter los und sagte mit leiser Stimme: »Du hast bis jetzt nur zu viel gelitten, mein armes Kind, Jetzt ist die Reihe an mir ... Ueberlasse alles mir und fürchte nichts weiter! Entferne dich auf demselben Wege, auf welchem ich gekommen bin ... Schließe dich in meinem Zimmer ein und öffne niemand als mir.«

Sie drängte sie auf den Balkon hinaus, wendete sich mit festem Schritt der Thür zu, schob den Riegel zurück, drehte den Schlüssel um und trat auf die Galerie hinaus. Ein leiser Ausruf ertönte, dem alsbald ein Murmeln erregter, heftiger Stimmen folgte, die sich in der Ferne verloren. Dann wurde es still.

Edmee, die sich gebrochen fühlte, als hätte sie einen furchtbaren Kampf bestanden, schritt mit hochklopfenden Pulsen und beklommenem Herzen nach dem Zimmer ihrer Mutter, stieg durch das offne Fenster hinein und sank erschöpft auf das Sofa, unfähig, einen Gedanken zu fassen.

Wie lange sie so in dieser Erschlaffung verharrte, hätte sie nicht vermocht anzugeben. Die Stimme ihrer Mutter, die sie anrief, weckte sie aus ihrem dumpfen Hinbrüten. Sie erhob sich, wankte zur Thür, öffnete und kehrte, ohne eine Frage zu stellen, auf ihren Platz zurück.

Frau von Ayères, die sehr bleich, aber entschlossen aussah, trat an sie heran und sagte, bebend von dem Auftritte, dessen Schrecken sich noch auf ihrem Antlitze malten: »Er wird morgen abreisen. Du wirst ihn nicht wiedersehen!«

Und von einer Aufregung erfaßt, die sie nicht zu bemeistern vermochte, schrie und schluchzte sie: »O, ich thörichtes, unglückseliges Geschöpf, welch schlechte Mutter war ich doch! Alles, was du Böses erduldest, fällt mir zur Last. Wie könnte ich jemals deine Verzeihung erlangen! Was thun, um meine Schuld zu sühnen? Ich habe dein Herz gebrochen, dein Gemüt vergiftet, deine Gedanken in den Schmutz gezogen! Denn ich, ich allein habe die Prüfungen zu verantworten, welche du zu bestehen hattest! Ich habe den Elenden aufgenommen, der die Niederträchtigkeit in unser Haus gebracht ... Und einem solchen Manne habe ich dich geopfert! Gott hat mich dafür schwer gestraft. O, sehr grausam, aber gerecht! Und was soll jetzt aus mir werden, gebeugt unter der Last solcher Vorwürfe, das Herz verzehrt von der Sorge, daß du niemals vergessen wirst?«

Ein heftiger Nervenanfall, der alle ihre Glieder krampfhaft zusammenzog, brachte sie dem Ersticken nahe. Edmee, die doch selbst das Opfer war, mußte sie beruhigen, bemitleiden, aufrichten. Sie konnte jetzt die ganze Schwachheit dieser Seele ermessen und wußte ihr Dank für die Energie, die sie soeben bewiesen hatte, indem sie in dieser entscheidenden Stunde ihre Mutterpflichten erkannt und all ihre Kräfte vereinigt hatte, um ihr Kind zu verteidigen. Edmee verzieh ihr alles erlittene Leid um dieses einen Augenblicks des Mutes willen. Sie gelobte sich, ihr Leben ihr zu widmen, sie zu trösten und ihr den verlornen Seelenfrieden wiederzugeben. Sie hielt sie in ihren Armen, bis sie, vom Weinen müde, einschlummerte, dann sank sie selbst, von Müdigkeit und Erregung überwältigt, auf das thränenbenetzte Kopfkissen.

Beide erwachten gleichzeitig, als sich unten im Hofe das Stampfen eines Pferdes vernehmen ließ. Sie eilten an das Fenster, und in dem trüben, gelblichen Lichte eines Wintermorgens sahen sie Herrn von Ayères die Treppe hinabsteigen. Er warf noch einen Blick auf die Schloßfassade, legte die Reisetasche, die er in der Hand trug, in den Wagen und stieg ein. Ein Windstoß wirbelte eine Schneewolke empor, und als der Horizont sich wieder klärte, war der Mann, der ihnen so großes Leid zugefügt, bei einer Wendung des Weges verschwunden.

Die ersten Tage, welche dieser Abreise folgten, erschienen Edmee köstlich. Sie fand allmählich ihre Ruhe und Sicherheit wieder. Ihre Ansprüche an das Schicksal waren sehr bescheiden: sie verlangte bloß, ruhig leben zu dürfen. Glücklich zu sein, das wünschte sie nicht einmal, da sie dies nicht für möglich hielt. Mit Wehmut sagte sie sich, daß es Wesen gebe, die geboren werden, um dem Schmerz geweiht zu sein, wie andre der Freude. Ihr einziges Sehnen war, Frieden zu erlangen.

Ihre Mutter hatte sich anfangs, solange ihre erregten Nerven sie aufrechthielten, fest und mutig gezeigt, war aber bald in tiefe Niedergeschlagenheit versunken. Moralisch und physisch völlig erschöpft, verließ sie jetzt ihr Zimmer gar nicht und lag stundenlang mit starren Augen da, um ihre Kümmernisse nochmals durchzugehen. Wohl getraute sie sich nicht, es zu gestehen, aber Edmee las in ihren Augen ein bitteres Heimweh nach ihrem früheren Leben.

In träumerischem Hindämmern rief Regine die Erinnerungen an die verrauschten Festlichkeiten wach, und Tanzmelodien umtönten ihr Ohr. Wer weiß! Vielleicht sehnte sie sich nach dem schönen Ferdinand mit dem goldblonden Bart, dem unglückseligen Manne, den sie geliebt hatte, selbst als sie ihn untreu wußte, als ob sie insgeheim eine stolze Befriedigung über seine Liebestriumphe empfände.

Eines Nachmittags, als Edmee von einem Spaziergange heimkehrte, traf sie ihre Mutter mit rotgeweinten Augen. Sie fragte liebevoll nach dem Grunde ihres Kummers, erhielt jedoch anfangs nur ganz ausweichende Antworten. Als sie dringender wurde, gestand die arme Frau unter Thränen, sie habe einen Brief von ihrem Gatten erhalten. Er war trostlos, war leidend und bat um Vergebung. Das Leben erschien ihm unerträglich ... Er wußte nicht, was aus ihm werden sollte ... All das, was er verkannt und mit Füßen getreten habe, müsse er nun schmerzlich entbehren ... Und so erzählte Regine weinend fort, höchst gerührt von den Klagen des Verbannten. Fräulein von Croix-Mort war sehr traurig geworden, schweigend trat sie einige Schritte näher, dann blieb sie vor ihrer Mutter stehen und sagte mit ironischem Lächeln und herbem Tone: »Nun gut, geh' zu ihm, wenn er dir fehlt! ...«

Augenblicklich aber bereute sie ihre Raschheit. Ihre Mutter erhob voll Entrüstung Einspruch. Ihr Platz, sagte sie, sei von nun ab an Edmees Seite; zwischen ihr und jenem Unglücklichen gebe es nichts Gemeinsames mehr. Aber wenn sie ihn verdamme, könne sie doch nicht umhin, ihn zu bedauern; Strenge schließe Milde nicht aus.

Seit diesem Vorfall empfand das junge Mädchen von neuem geheime Unruhe. Sie befürchtete, ihre Mutter eines Tages schwach werden zu sehen. Würde vielleicht die Zeit die bereits angebahnte Versöhnung bewerkstelligen? Für sie aber war, was auch kommen mochte, eine Wiedervereinigung unannehmbar, und sie war fest entschlossen, an dem Tage, wo Ferdinand wieder erscheinen sollte, das väterliche Haus für immer zu verlassen.

Vierzehntes Kapitel

Nach der heftigen Scene, die seiner Abreise vorangegangen war und diese veranlaßt hatte, hatte Ferdinand sein geistiges Gleichgewicht gänzlich verloren. Mit überreizten Nerven und gemartertem Gehirn in seinem Zimmer auf und nieder wandelnd, hatte er den Rest der Nacht verbracht, hatte zu überlegen versucht, aber nicht dahin gelangen können, die Gedanken festzuhalten, die in seinem Kopfe wirbelten wie vom Sturmwind fortgerissene Blätter.

Er schwankte zwischen dem beschämenden Gefühle, entdeckt zu sein, und der Wut, sich besiegt zu sehen. Er hatte sich beugen müssen unter den bitteren Vorwürfen jener Frau, die er für so unbedeutend und so schwach hielt. Er, der alles wagende Tyrann, der kein andres Gesetz kannte als seine Laune, er hatte seine Stärke und seine Widerstandsfähigkeit verloren gegenüber einem schwachen, verachteten Geschöpf, das plötzlich Kraft schöpfte aus dem Gefühle der Pflicht. Tugend, Moral – Worte, die ihm sonst lächerlich schienen – hatten ihn, den Cyniker, gebändigt. Wie hatte dies geschehen können?

Gleich der unter der Ferse des Weibes getretenen Schlange bäumte er sich auf, rasend über seine Ohnmacht. Die Familie, in der er nach den Ausschweifungen seiner Jugend eine Zufluchtsstätte gefunden, sein Rettungshafen, wies ihn unbarmherzig von sich. Von neuem sah er sich mitten in die Stürme des Lebens geschleudert, und ein noch tieferer Widerwille, als er ihn bisher empfunden, bemächtigte sich seiner, eine noch vollständigere Abspannung drückte ihn nieder. Er fühlte sich erschöpft, leer, aufgerieben, hielt sich für überflüssig und andern gefährlich, und legte sich die Frage vor, ob es nicht besser wäre, sogleich eine gewaltsame Lösung der Tragikomödie seines Lebens herbeizuführen.

Er hielt vor dem Spiegel still, lächelte bitter über den Verzweifelten, der ihn mit hohlen Augen anstarrte, und indem er die Stelle mitten auf der Stirn zwischen den Augenbrauen betrachtete, sagte er sich, daß diese für eine Kugel wie geschaffen sei. Wäre dies nicht das einfachste, das schnellste, das würdigste Mittel, um allen Verwicklungen zu entgehen?

Dabei fänden alle ihre Rechnung; er würde in der ewigen Ruhe verharren, die armen Frauen könnten, befreit von der Furcht, die er ihnen einflößte, endlich erleichtert aufatmen.

Er nahm einen Revolver aus der Schublade seines Tisches, drehte ihn mechanisch in der Hand um und hielt ihn vor das Gesicht. Ein Schritt, welcher den Fußboden über seinem Haupte erschütterte, ließ ihn in der Ausführung seines Vorhabens innehalten. Die Dienerschaft des Schlosses stand schon auf. Er warf einen Blick auf die Wanduhr, sie wies auf die sechste Stunde. Die Nacht war unter diesen Aufregungen hingegangen, der Tag brach an. Seine Phantasie malte ihm jetzt vor, wie auf den Schuß hin alles im Schlosse verstört herbeieilen würde; er vernahm den Tumult, das Geschrei, sah seine Frau und Edmee blutbespritzt und empfand die Schande, welche das Gräßliche dieses tragischen Endes noch steigerte.

Nun hatte er die Herrschaft über sich selbst wiedergewonnen. Nein, diese äußerste Prüfung sollte ihnen erspart bleiben, er hatte versprochen, sich zu entfernen; vor allem galt es mithin, dieses Versprechen zu halten. Er gedachte, weit fortzugehen, an einen fernen Ort, wo man bei einem Selbstmorde seine Identität nicht würde feststellen können, und indem er auf diese Weise seinen beiden Opfern die Freiheit wiedergab, konnte er seine schreckliche Schuld gegen sie als getilgt betrachten. Durch diesen großmütigen Entschluß fühlte er sich erleichtert. Er klingelte, befahl anzuspannen, ließ einpacken und reiste nach Paris ab.

Paris hat eine ganz eigne Atmosphäre, deren Zusammensetzung aus Sauerstoff und Stickstoff wahrscheinlich eine andre sein mag, als die der gewöhnlichen Luft; denn das Leben ist dort verzehrender, aufreibender, als irgendwo anders. Diese Luft berauscht und überreizt diejenigen in hohem Grade, die nicht gewohnt sind, sie zu atmen, aber sie ist das wesentliche Element der Thätigkeit und des Schaffens derjenigen, deren Lungen ihre versengende Glut ertragen. Der Pariser, der eine Zeitlang von Paris entfernt ist, erschlafft und siecht dahin; kehrt er in die Zone zurück, wo die Wirkung dieser eigentümlichen Luft sich geltend macht, so gewinnt er seine Regsamkeit wieder, seine Ideen werden andre, er wird wieder er selbst.

Ferdinand unterlag unbewußt diesem Gesetze. Als er am Horizont die graue, von riesigen Schornsteinen überragte Häusermasse, eingehüllt in jenen Nebel von Rauch, der Paris ankündigt, auftauchen sah, als er durch den Güterbahnhof fuhr, auf welchem pfeifende Lokomotiven sich kreuzen, welche die Lebensmittel für zwei Millionen lebender Wesen in zahllosen Waggons herbeischleppen, da bemächtigte sich seiner eine fieberhafte Erregtheit und er konnte vor Ungeduld den Augenblick des Aussteigens kaum erwarten. Er, der bei der Abreise von Croix-Mort sich gesagt hatte: Ich thue den ersten Schritt zu einer Reise, von der man nicht wiederkehrt – er begrüßte Paris mit den Empfindungen eines auf einer Vergnügungsfahrt befindlichen Touristen.

Als er das Trottoir unter seinen Füßen fühlte, verfiel er förmlich in Entzücken. Erhobenen Hauptes schritt er dahin, die Reisetasche in der Hand, ohne daß es ihm einfiel, einen Wagen zu nehmen. Er war völlig berauscht von dem Lärmen und Treiben und ertappte sich einige Augenblicke später, an einer Straßenecke stehend, im Anschauen von Frauen vertieft, die in einen Omnibus einstiegen.

»Ich verliere den Kopf,« sagte er sich, rief einen Wagen herbei und ließ sich nach dem Klub fahren. Seine Wohnung war zu seinem Empfange nicht hergerichtet und die Dienerschaft war in Croix-Mort verblieben. Im dritten Stockwerke des Klubhauses stehen Zimmer zur Verfügung der Mitglieder, die auf dem Lande wohnen. Dort war er sicher, gute Bedienung und jenen Komfort zu finden, den er im Hotel vergebens gesucht haben würde.

Er frühstückte, machte Toilette, suchte seinen geschäftlichen Vertreter auf, begrüßte einige Bekannte und kehrte um fünf Uhr zurück. Im Klub wurde er aufs wärmste von seinen Freunden empfangen, denen er mitteilte, daß er sich bloß auf der Durchfahrt in Paris aufhalte. Das Gespräch regte ihn an, er fühlte sich wieder wühl in diesem Kreise, in welchem er so lange gelebt, dinierte höchst vergnügt und befand sich um neun Uhr bei einer ersten Vorstellung im Variététheater.

Es waren nicht viel mehr als zwölf Stunden seit dem Moment verflossen, wo er das Gelübde gethan, den Schiffbruch seiner Ehe nicht zu überleben, und jetzt saß er in dem schwülen Theatersaal, unter dem strahlenden Lichte des Kronleuchters, lauschte den Gassenhauermelodieen und applaudierte der Diva, der Heldin des Tages.

Aus dem Theater kehrte er zu Fuß heim. Es herrschte eine trockene Kälte; kein Schnee wie in Croix-Mort. Eine Cigarre rauchend, ging er die Boulevards entlang, begegnete einigen Freunden, soupierte mit ihnen, spielte, gewann viel, und um vier Uhr morgens begab er sich zu Bett, vor Müdigkeit wie gebrochen, aber von dem Verlangen zu sterben vollständig geheilt.

Als er um zehn Uhr erwachte, war er im ersten Augenblick höchst überrascht. Er kannte sich in der fremden Umgebung nicht aus. Aber bald besann er sich und empfand bei der Erinnerung an den unglücklichen Auftritt der vorhergegangenen Nacht einen dumpfen Schmerz; dann sagte er sich mit übelangebrachtem Selbstgefühl, daß er die Kraft besessen habe, seine Niedergeschlagenheit abzuschütteln und den feigen Einflüsterungen der Verzweiflung zu widerstehen. Er dachte: Ich war zu früh an mir selbst verzweifelt, noch ist nicht alles in mir abgestorben. Das Leben hat noch Reize für mich; ich bin noch nicht so erschöpft, noch nicht so verbraucht, als ich zu sein glaubte. Da »sie« mich weggejagt haben, so will ich sie vergessen.

Er bot auch in der That alles auf, um jeden Gedanken an Edmee aus seinem Hirn zu bannen; er überließ sich den Vergnügungen seines früheren Lebens und suchte sich auf jede Weise zu betäuben, was ihm zeitweilig auch gelang. Freilich waren die Augenblicke, in welchen die Vernunft die Oberhand gewann, geradezu schrecklich.

Die Freude, welche ihm die Rückkehr in die Welt des Vergnügens bereitet hatte, entfloh gar bald, und düster, müde, verzweifelt schleppte er sich dahin, ergoß sich in Spöttereien über die andern und sich selbst, beging Ausschreitungen, die selbst inmitten schwelgerischer Gelage seine Freunde verblüfften. Er hatte Anfälle wilder Lustigkeit, während welcher er unbändig lachte, alles um sich her zerschlug, um gleich darauf wieder in einen Trübsinn zu verfallen, den nichts zu bannen vermochte. Hübschen Mädchen machte er eifrig den Hof, überhäufte sie mit Geschenken und entließ sie plötzlich unter Beschimpfungen. Gleich einem Verdammten wand er sich in seinen glühenden Fesseln, ohne sie brechen zu können.

Mitten in seinen Orgien, wenn er unmäßig getrunken hatte und sein Denken im Rausch untergegangen war, tauchte mit einemmal das reine, milde, traurige Bild Edmees vor seiner Seele auf. Er erhob sich dann, ohne ein Wort zu reden, und folgte dem verführerischen Phantom in die Einsamkeit, in die Stille, verfluchte sein erbärmliches Geschick und fand trotzdem eine schmerzliche Wollust in dem Gedanken an diejenige, die ihn haßte.

Mochte er immerhin seine Zeit so einteilen, daß er auch nicht eine freie Minute hatte, er konnte das Joch dieser quälenden Gedanken nicht abschütteln. Entfernt von Croix-Mort, war er mit allen seinen Sinnen dennoch dort; er begleitete Edmee in den Baumgängen des Parkes, sah sie mit ihrem schlanken Wuchs anmutig zu Pferde sitzen, vor ihm hergaloppieren, und sein Herz fing so heftig an zu pochen, als wolle es ihm die Brust zersprengen. Dann weilte er wieder im Salon, und die beiden Frauen saßen still, vom Lampenschein beleuchtet, um den Tisch, mit einer Handarbeit beschäftigt. Die Täuschung war eine so vollständige, daß er ihre Stimmen zu vernehmen glaubte.

Er verfiel in trostlose Melancholie, ging fast gar nicht mehr aus, verharrte während ganzer Tage regungslos im Anschauen jener Erscheinung versunken, die er so gern heraufbeschwor. Um diese Zeit war es, daß er Regine jene schmerzerfüllten Briefe schrieb, welche sie so ungemein erschütterten.

Nach vierzehn Tagen eines tollen Lebens, das er damit hingebracht, sich selbst zu betrügen, gelangte er zu der Erkenntnis, daß er fern von Croix-Mort nicht leben könne. Er marterte sein Gehirn, um einen möglichen Ausweg aus seiner Lage zu finden, stieß jedoch immer wieder auf die unbesiegliche Abneigung Edmees. Würde der größte Heldenmut, die höchste Hingebung seine Liebe weniger schmählich erscheinen lassen, und würden sie das Unmögliche möglich machen? Er kannte das junge Mädchen zu gut, um zu hoffen, daß sie eine Nichtswürdigkeit begehen könnte. Und zudem, wenn sie es thäte, würde er sie denn dann noch lieben? War es nicht ihr abweisender Stolz, der ihn berückte? Blasiert und verdorben, wie er war, waren es gerade ihre Reinheit und Unnahbarkeit, die ihn unwiderstehlich anzogen.

Sein Gehirn war bis aufs äußerste gereizt, nur eine einzige Überanstrengung noch und das bißchen Verstand, das ihm noch geblieben, wäre vom Wahnsinn erstickt worden. Er war sich seiner Handlungen kaum mehr bewußt, überließ sich dem Zufalle und beteiligte sich willenlos an dem Treiben seiner Freunde, gleich einem Körper ohne Seele. Bald wurde die Seltsamkeit seines Benehmens bemerkt. Der rasche Wechsel seiner Launen, eine geräuschvolle Lustigkeit, der alsbald eine düstere Traurigkeit folgte, eine plötzliche Niedergeschlagenheit, die gleich darauf in helle Begeisterung überging, vermochte freilich jene Leute nicht in Erstaunen zu setzen, die den Unsinn zum alleinigen Gesetz ihres Daseins erheben. Die letzte Wunderlichkeit Ferdinands war indessen stark genug, um in ihrer Erinnerung eine Spur zurückzulassen; später gedachte man derselben, und sie diente dazu, manches Unerklärliche aufzuhellen.

Es war am Weihnachtsabend bei einem luftigen Gelage, als jener Vorfall sich ereignete. Ferdinand, der nun wieder von einer Vergnügungssucht befallen war, gleich heftig wie in den ersten Tagen seines Verweilens in Paris, hatte die Nacht auf dem Opernballe zugebracht, der zu jener Zeit noch sehr glänzend und sehr besucht war. In den Logen und Gängen zeigte er eine Heiterkeit, wie man sie lange nicht mehr an ihm gesehen hatte, scherzte, intriguierte und ging endlich um drei Uhr morgens in lustiger Gesellschaft nach einem Restaurant, wo das Souper eingenommen wurde. Die hübschesten Damen der Halbwelt und die reizendsten Schauspielerinnen von Paris waren dort versammelt. Er nahm zwischen Fanny Mangin und Cécile Letourneur Platz und kokettierte während des ersten Teiles der Mahlzeit mit ihnen in der ungebundensten, freiesten Weise. Später steigerte sich die allgemeine Lebhaftigkeit, der in Strömen fließende Champagner verwirrte die Köpfe und man fing an, buntes, tolles Zeug zu schwatzen.

Das Gespräch kam auf die Frauen, und ein sehr bedeutender Schriftsteller, der gerade im besten Zuge war, Paradoxen aufzustellen, unternahm es, zu beweisen, daß in der Liebe nur das Vergnügen begehrenswert sei. Er entwickelte seine These mit einer Menge von Beweisgründen, die gleich den Raketen eines Feuerwerks sprühten und leuchteten. Voll Begeisterung proklamierte er die Herrschaft der freien Liebe und erhob inmitten eines tosenden Beifalls die Courtisane zur Gottheit.

Er schilderte sie, gefürchtet und angebetet, thronend auf den Ruinen der Gesellschaft und der Familie, ihren Einfluß übend auf alle, auf Menschen und Dinge, zeigte, wie sie Souveräne zu ihren Füßen sehe, wie sie Staatsmänner von strengem Rufe umgarne, Monarchieen und Republiken verschachere, Geheimnisse verkaufe und schließlich das Scepter der Welt in Händen halte.

Hierauf brach ein Sturm von Beifall, von Händeklatschen und jubelnden Zurufen aus, der noch nicht verhallt war, als sich Ferdinand, anscheinend ruhig, erhob. Man glaubte, er würde sich über dieses pikante Thema weiter aussprechen und es mit noch teuflischeren Variationen ausschmücken, er rief jedoch mit bebender Stimme: »Ihr seid alle Dummköpfe oder Verrückte, wenn ihr solchen Aussprüchen applaudiert! Es gibt nichts Mächtigeres als die Tugend, nichts Siegreicheres als die Keuschheit! Sehet euch doch die Geschöpfe an, die euch umgeben und die ihr zu eurem Vergnügen kauft! Für eine Handvoll Louisd'or werden sie die Sklaven eurer Laune. Sie besitzen die Gewalt des Bösen, wohl, aber was beweist das? Böses thun? Nichts leichter als das! Aber Gutes thun, darin liegt die Schwierigkeit!«

Er brach in ein wildes Lachen aus.

»Hör' mal,« rief Fanny Mangin, »vorhin warst du viel unterhaltender! Um diese Stunde ist die Moral längst schlafen gegangen. Man darf sie nicht wecken.«

»Lassen Sie ihn doch!« meinte einer der Teilnehmer. »Herr von Ayères ist schon seit mehreren Tagen übler Laune; er hat sich vielleicht in eine Unschuld verliebt.«

»Ist es wahr, daß du verliebt bist, mein Guter?« hub Fanny wieder an. »Ist deine Kleine hübsch? Wie heißt sie? Wirst du sie uns zeigen?«

Bei diesen Worten wurde Ferdinand totenbleich. Es war ihm, als hatte eine ruchlose Hand sein Ideal berührt und es entweiht. Er griff nach seinem Glase, schleuderte es auf den Tisch, daß es entzweibrach, und schrie, indem er die ihn umgebenden Lebemänner, welche sein Zorn höchlich belustigte, mit Blick und Stimme beschimpfte: »Ihr Bestien und Dirnen, mein Herz wendet sich voll Abscheu von euch. Ich kann eure Verworfenheit nicht länger ertragen und werde keine Sekunde länger in eurer Mitte bleiben!«

Ein Chor von zornigen oder spottenden Stimmen erhob sich um Ferdinand, der kalt nach der Thür schritt. Ehe er den Ausgang erreichte, hörte er Fanny Mangin ausrufen: »Das ist einmal ein ungeschliffener Mensch!«

Cécile Letourneur fügte hinzu: »Der Kerl ist verrückt! Auf seine Gesundheit, meine Kinder! Er hat's nötig!«

Obgleich nun alle, die dieser Scene beigewohnt, hätten bestätigen können, daß er im Zustande der Trunkenheit oder des Wahnsinns so gehandelt habe, so war Herr von Ayères doch bei kaltem Blute. Er fühlte sich in der That angeekelt, so wie er es gesagt hatte. Im schönsten Augenblicke des Festes, zu der Stunde, als der Champagner schon allen zu Kopfe stieg, war plötzlich Edmees bleiches, trauriges Bild gleich einem reinen Geist vor ihm aufgetaucht, und sofort hatte er alles um sich mit andern Augen angesehen. Die erhitzten Gesichter der Männer, die entblößten Schultern der Frauen, der ganze Anblick des schwelgerischen Gelages, das sich seinem Auge schon so oft dargeboten, empörte ihn jetzt. Die Beschimpfungen drängten sich ihm auf die Lippen und er ließ sie mit bitterer Befriedigung ausströmen.

Jetzt war es mit alledem zu Ende, es gab für ihn keine Zerstreuung mehr. Er fühlte sich unfähig, noch einen Tag länger in Paris zu weilen. Dem herz- und geisttötenden Leben, das er führte, zog er alle Qualen der Einsamkeit vor. Lieber wollte er sich in seine widernatürliche Liebe versenken, und sollte er auch den Wahnsinn oder den Tod in ihr finden. Er wünschte den Ort wiederzusehen, wo Edmee lebte, dieselbe Luft mit ihr zu atmen, wollte sich verborgen halten, sie belauschen und sie vielleicht von ferne erblicken, ohne daß sie es ahnte, denn er nahm sich vor, sie weder zu erschrecken, noch zu belästigen.

Noch am selben Tage reiste er ab. Mit großer Vorsicht löste er eine Fahrkarte nach einer Station, die um sechs Meilen weiter lag, als diejenige, wo er gewöhnlich ausstieg, wenn er sich nach Croix-Mort begeben wollte. Hier war er völlig fremd. Er speiste in einem Gasthofe und fuhr des Nachts in einem schlechten Bauernwagen nach seinem Schlosse. Zwei Kilometer von demselben hielt er an, ging zu Fuß nach Hause, weckte seinen alten Gärtner, befahl ihm, kein Wort von seiner Ankunft verlauten zu lassen, und erwartete ruhig, wie er es seit langem nicht gewesen, den Tag.

Fünfzehntes Kapitel

Die letztverflossenen Wochen zählte Edmee zu ihren glücklichsten, freilich war dieses Glück nur ein relatives. Aber nach den heftigen Aufregungen, wie es die gewesen, die sie in so kurzer Zeit hatte durchleben müssen, verschafften ihr die Ruhe und das Gefühl der Sicherheit, deren sie sich jetzt erfreute, einen köstlichen Seelenfrieden. Sie hatte ihr reines, stilles Leben wieder aufgenommen und suchte sich der erniedrigenden, häßlichen Gedanken, die sie so lange gequält hatten, zu entschlagen. Sie brauchte sich nicht mehr gegen die Schlechtigkeit zu schützen, und hatte das Böse nicht mehr vor Augen.

Der einzige dunkle Punkt, den sie an ihrem Himmel entdeckte, war die Abgespanntheit und Traurigkeit ihrer Mutter. Frau von Ayères aß, schlief, ging umher, sprach, und dennoch konnte man nicht sagen, daß sie lebe. Nur maschinenmäßig verrichtete sie alle Handlungen, doch ihr Wille war nicht dabei. Sie ließ alles mit sich geschehen, ganz wie ein Kind, sagte niemals nein, aber auch ebensowenig ja.

Sie war vollständig gleichgültig gegen alles, gegen Wesen und Dinge, die sie umgaben. Nur eins war noch lebendig in ihr, die Erinnerung. Unaufhörlich gedachte sie jenes verzehrenden, genußreichen Jahres, das sie in Paris mitten im Strudel der Vergnügungen verlebt hatte, an der Seite des schönen Mannes, der jetzt allein in die Stadt der ewigen Feste zurückgekehrt war.

In dem großen Salon von Croix-Mort ruhte Regine, ihrer Gewohnheit gemäß, halb ausgestreckt auf dem Sofa, während Edmee ihr zur Seite an einer Stickerei arbeitete. Wie in einem Spiegel lagen die Champs-Elysées vor ihr, die langen, mit Kastanienbäumen besetzten Alleen, deren Aeste unter dem rauhen Nordwinde bebten, die Spaziergänger, die mit raschen, tönenden Schritten auf den asphaltierten Trottoirs hinwandelten, und die Wagen, die in geschlossener Reihe sich nach dem Bois bewegten. Sie selbst sah sich in einer Kutsche sitzen, von warmen Pelzen umhüllt, sanft gewiegt von der schaukelnden Bewegung und dem leisen Rollen der Räder, und lächelnd begrüßte sie die Bekannten, die sie im Vorbeifahren gewahrte. Zumeist beschäftigte sie der Gedanke, was sie am liebsten thun würde. Abends würde sie in großer Gesellschaft speisen und später einen Ball besuchen. Sie glaubte das leise Klirren der Gläser zu vernehmen, das dumpfe Murmeln der Gespräche in dem etwas düsteren Speisesaal, wo alles Licht auf die von Kristallen, Silber und Blumen strahlende Tafel fiel. Die bunten Farben der dekolletierten Kleider hoben sich leuchtend von den schwarzen Herrenröcken ab, die Fächer schwirrten, und anmutig wiegten sich die diamantengeschmückten Köpfe. Dann waren es wieder die Ballsäle, die sie am Arme ihres Gatten betrat. Die zahlreichen Gäste plauderten mit feierlicher, geheimnisvoller Miene, indes das Orchester die bekannten Melodieen beliebter Operetten ertönen ließ. Hierauf flog sie am Arme eines Tänzers dahin, mit leerem Blicke, verhaltenem Atem leidenschaftlich walzend, um dem Taumel, der ihr Leben war, die Krone auszusetzen.

Plötzlich erhob sich Edmee etwas geräuschvoll. Regine öffnete die Augen und die reizende Vision verblich. Als ob der Vorhang auf der Bühne herabgerollt wäre, so verschwanden Scenerie und Menschen, und sie sah sich wieder allein mit ihrer Tochter in dem kalten, öden Salon des alten Schlosses. Dann sank ihr Haupt auf die Brust, ihr Blick erlosch und sie hatte die schauerliche Empfindung eines hoffnungslosen Begrabenseins.

Edmee hatte anfangs versucht, ihre Mutter wiederaufzurichten, ihren gesunkenen Mut neu zu beleben; sie ersann mannigfache Zerstreuungen, führte lange Gespräche, ging mit ihr spazieren und bemühte sich, ihr einige Teilnahme abzugewinnen. Allein Frau von Ayères gab kaum eine Antwort, schritt gleichgültig dahin und suchte das nagende Heimweh, das auf ihr lastete, nicht einmal zu verbergen.

Sie kannte nur einen frohen Augenblick während des ganzen Tages, jenen, wo sie die Journale las, die ihr von Paris erzählten, ihr Nachrichten von der Gesellschaft und dem Theater vermittelten, ihr die Bälle und Vorstellungen beschrieben. Sie empfand dabei die Befriedigung eines Gefangenen, dem man von seiner Befreiung spricht. Und stets las Edmee in ihren Augen, die über den Horizont hinweg zu blicken schienen, die Sehnsucht nach jenem aufreibenden Dasein, das aus dieser gesunden und vernünftigen Frau ein sieches, gebrochenes Wesen gemacht hatte.

Edmee fügte sich in ihr Los, lebte, ohne an die Zukunft zu denken, ohne nachzugrübeln, was der nächste Tag bringen könnte, und erfreute sich der friedlichen Gegenwart.

Sie machte wieder ihre Wanderungen durch den Wald, der ihr mit seinem düstern, traurigen Aussehen einen passenden Rahmen für ihre Schwermut bot. Wie früher ließ sie den alten Pony vor das kleine Wägelchen spannen, um mit dem Pfarrer die umliegenden Ortschaften zu besuchen, in denen sie überall mit dankbarem Jubel empfangen wurde. Traurig lächelte sie, wenn man ihr ein Glück wünschte, das ihrer Güte gleichkäme.

Wenn sie in Begleitung des alten Priesters in einen schlechten Fahrweg geriet, in dessen Geleisen das kleine Pferd sich keuchend abmühte, tauchte sogleich Billet auf, als sei er aus einem geheimnisvollen Hinterhalt hervorgebrochen, und brachte mit seinen Herkulesarmen, denen nichts widerstand, Wagen und Pferd wieder in Gang.

Es war, als ob der Brave seine Wachsamkeit verdoppelt hätte. Zwar ließ er sich nur selten blicken, aber stets hielt er sich in einem Umkreise von fünfhundert Schritten seiner geliebten Herrin nahe, solange dieselbe unterwegs war. Oft, wenn der Pfarrer ein Knistern im Gehölz vernahm, fuhr er erschrocken zusammen und warf einen besorgten Blick auf seine Gefährtin; diese aber lächelte: »Es ist Jean, der die Runde macht, Herr Pfarrer. Soll ich ihm pfeifen?... gleich werden Sie ihn herbeikommen sehen.«

Sie spitzte die Lippen und, als echte Tochter des Waldes, die sie war, stieß sie einen schrillen Pfiff aus. Nach einem Augenblick trat der Wächter aus dem Waldessaume hervor, die Tuchmütze in der Hand, froh, gerufen worden zu sein, und gesellte sich den Spaziergängern zu, gleich einem Hunde, der sich mitgestohlen hat und fürchtet, wieder heimgeschickt zu werden.

Der Abbé war nicht ohne geheime Unruhe, da er stets besorgte, den verhaßten Mann plötzlich erscheinen zu sehen, wagte jedoch nicht, seine Befürchtungen dem jungen Mädchen mitzuteilen. Er sah sie meist gleichmütig und hoffte, daß sie vergessen habe; nur zuweilen, wenn sein Blick den ihren traf, gewahrte er ein jähes Aufleuchten, ähnlich einem Flammenschein in dunkler Nacht, das ihm das Wachsein ihrer Gefühle verriet. Er begriff alsdann, daß Edmees

Ruhe nur eine äußerliche war, daß sie von dem, den sie so gründlich verabscheute, bloß nicht sprechen wollte, daß aber ihr glühender Haß unter der Asche fortglimme.

Auch andre Anzeichen bestärkten den Greis in seiner Annahme. Niemals wollte Fräulein von Croix-Mort ihren Weg nach der Richtung des Schlosses Vignerie nehmen. Wenn sie sich dem Gehölze nahten, welches jenes unheilvolle Haus umgab, breitete sich ein dunkler Schatten über ihr Antlitz, sie wurde schweigsam und ernst, als ob sie an einem Friedhofe dahinschritte. Und lagen nicht in der That ihre Illusionen und ihre Hoffnungen dort begraben? Den Namen »Ayères« sprach sie niemals aus, selbst dann nicht, wenn sie zu Fremden von ihrer Mutter sprach. Sie nannte sie dann nur »Madame« kurzweg. Zur Beichte ging sie auch nicht mehr, nicht etwa, weil sie sich gescheut hätte, die heftigen Gefühle, die sie bewegten, zu gestehen, sondern weil sie fürchtete, durch das Aussprechen derselben ihrem Zorn neue Nahrung zu geben.

Der Pfarrer speiste jetzt zweimal in der Woche auf dem Schlosse. Es gelang ihm jedoch nicht, die Baronin ihrer Teilnahmlosigkeit zu entreißen. Sie empfing ihn mit lässiger Gleichgültigkeit, hörte gelangweilt dem Gespräche zu und schien nur ein wenig aufzutauen, wenn der Abbé, dem Wunsche Edmees nachgebend, seine Einwilligung zu einer Kartenpartie gab. Man spielte alsdann Ecarté, und zwar sehr hoch. Der alte Priester pflegte zu Edmee zu sagen: »Wissen Sie, mein Kind, daß Sie mich zu einer großen Sünde verleiten? Ich bin erregt, ich wünsche zu gewinnen...«

»Ach was! Es ist ja für die Armen, Herr Pfarrer, der Zweck heiligt die Mittel...«

Und wenn sie die Gewinnste aller zusammengerafft hatte, war sie glücklich, das Geld in die Hand ihres Freundes legen zu können, wenn sich dieser zum Fortgehen anschickte.

»Hier, Herr Pfarrer, und morgen früh, wenn Sie gerade daran sind, thun Sie auch für mich Buße!«

Der Alte drückte lebhaft die Hand des jungen Mädchens und sah sie mit einem Blicke voll liebevoller Bewunderung an, als wollte er fragen, was wohl dieser Engel, der sich auf die Erde verirrt, sich vorzuwerfen habe. Am zweiten Tage nach Weihnachten saß der würdige Mann des Abends, nach eingenommenem trefflichem Mahle, vor dem Spieltische als Partner der Baronin. Er kehrte dem Kamin den Rücken und hatte gerade vor sich ein Fenster, das auf die Terrasse ging.

Edmee, die neben ihrer Mutter saß, stickte, den Augenblick abwartend, wo sie den Verlierenden ablösen sollte. Während Frau von Ayères die Karten mischte, blickte der Pfarrer gleichgültig nach dem Fenster, dessen Rollgardine zufällig in die Höhe gezogen war.

Plötzlich erbleichte er, seine Hände fingen an so heftig zu zittern, daß die Karten, die er eben zur Hand genommen, mit leisem Knistern aneinanderschlugen, indes seine Blicke starr an einem Punkte hafteten. Es war ihm, als habe er draußen, an die Fensterscheibe gelehnt, das drohende diabolische Gesicht Ferdinands wahrgenommen. Sein Blick und derjenige der Erscheinung hatten sich gekreuzt, dann war alles plötzlich verschwunden.

Der Geistliche, der sehr erschrocken war, begann so schlecht zu spielen, daß er die ärgsten Verstöße beging, einen Schnitzer um den andern machte und Fräulein von Croix-Mort ihm sagen mußte: »Heute abend, bester Herr Pfarrer, scheinen Sie nicht ganz bei dem Spiele zu sein; ich glaube, es wäre besser, wenn mir die Partie unterbrächen...«

Der Abbé gab keine Antwort. Er beobachtete unausgesetzt das Fenster, indem er auf dessen dunklem Grunde vergebens die schreckliche Erscheinung suchte. Er dachte: Sollte er zurückgekehrt sein? Weshalb umschleicht er spähend das Schloß? Welche Pläne bekundet dieses geheime Spionieren? Wie vermag ich mich zu überzeugen, ob meine Befürchtung begründet ist?

Er schützte alsbald eine übergroße Ermüdung vor, und um zehn Uhr begab er sich, in seinen warmen Mantel gehüllt, auf den Weg nach dem Pfarrhause in Gesellschaft des Gärtners, der ihn stets mit einer Laterne bis auf den Platz vor der Kirche zu begleiten pflegte. Es war an jenem Abend der herrlichste Mondschein, und da es auch reichlich geschneit hatte, so sah man so klar wie am hellen Tage. Als der Priester am Thor angelangt war, sagte er zu seinem Begleiter: »Ich habe im Vorsaale etwas vergessen, ich muß noch einmal umkehren.«

»Wenn der Herr Pfarrer es wünscht, so werde ich gehen...«

»Nein, Sie würden es nicht zu finden wissen... Warten Sie hier nur eine Minute.«

Hastig vorwärtsschreitend wendete er sich allein dem Schloßgebäude zu. Er wollte sich den Beweis verschaffen, daß er nicht geträumt habe, als er das Gesicht des Barons hinter der Fensterscheibe zu erkennen geglaubt. War er in Wirklichkeit dagewesen, so mußten seine Tritte auf dem Schnee der Terrasse sichtbar sein.

Mit hochklopfendem Herzen, angsterfüllt, eilte der Geistliche vorsichtig weiter, um nicht bemerkt zu werden und niemand Rede stehen zu müssen. Er umging glücklich das Schloß, schritt an den Gartenbeeten vorüber und entdeckte mit heftigem Schreck auf dem weißen, schimmernden Schneeteppich die Spuren eines feinen, zierlich beschuhten Fußes. Sie kamen aus den Baumgängen des Parkes, endeten unter dem Fenster, wo der zertretene Schnee ein längeres Verweilen bekundete, und verloren sich in der Richtung nach der Divonettebrücke.

Der Pfarrer hielt regungslos stille, indem er mit sich zu Rate ging, was er nun thun solle. Sein erster Gedanke war, ins Schloß zu treten und Fräulein von Croix-Mort zu benachrichtigen. Aber alle Lichter im Erdgeschoß waren bereits erloschen; die Damen, welche sich auf ihre Zimmer begeben hatten, würden gar zu sehr erschrecken. Man konnte Edmee von dem Vorfalle nicht in Kenntnis setzen, ohne daß auch die Baronin es erfahren mußte. War die Angst, welche sie die Nacht über quälen würde, nicht schlimmer, als die sie bedrohende, aber entferntere Gefahr?

Indes der Abbé langsamen Schrittes sich abermals dem Thore zuwendete, überlegte er die Sache eifrig und gelangte schließlich zu dem Entschlusse, am nächsten Morgen vor dem Frühstück aufs Schloß zu gehen, um Edmee zu benachrichtigen und sie zu veranlassen, zu Hause zu bleiben. Das junge Mädchen ging vormittags niemals aus.

Er kehrte in höchster Aufregung heim, verbrachte eine sehr schlechte Nacht, erhob sich mit dem Morgengrauen von seinem Lager, beeilte sich mit der Messe, und als es neun Uhr schlug, betrat er den Schloßhof.

Sein Begleiter vom Abend zuvor, der Gärtner, empfing ihn. Er hielt mit dem Hinwegfegen des Schnees, der die Treppen schlüpfrig machte, inne, begrüßte den Geistlichen und sagte: »Wenn Sie vielleicht das gnädige Fräulein suchen, Herr Pfarrer, so kann ich Ihnen sagen, daß sie soeben durch den Park fortgegangen ist ...«

Der Pfarrer wurde totenbleich, in seinen Ohren begann es zu brausen und eine schreckliche Ahnung beschlich sein Herz. Er sah das entstellte Gesicht an der Fensterscheibe, die Augen voll drohender Leidenschaft, die Spuren im Schnee, und auf demselben Wege, den der Bösewicht gegangen, bemerkte er jetzt die leichten Fußstapfen des engelgleichen Mädchens.

Er fragte: »Wie lange ist es, seitdem sie fortgegangen?«

»Noch keine fünf Minuten. Aber sie ging rasch, denn sie hatte Eile.«

»Wohin ging sie denn?«

»Bis an das Ende des Gehölzes, zu der Thibaude, die heute nacht zu früh niedergekommen ist ... Nun ist sie krank, und man kam gleich am Morgen, das Fräulein holen ...«

Der Geistliche hörte ihn nicht mehr. Er schürzte die Soutane in die Höhe und entfernte sich mit eilenden Schritten, indem er mehr lief als ging, um das junge Mädchen einzuholen. An den Kreuzwegen im Walde hielt er still und rief: »Edmee!« ohne daß ihm jedoch eine Antwort ward. Im Parke hatte er die Spuren verfolgen können, auf dem durchwühlten, morastigen Schnee des Waldweges, den er jetzt betrat, konnte er sie nicht mehr gewahr werden. War sie auf dem Hauptwege weitergegangen, oder hatte sie einen Seitenpfad eingeschlagen? Der Alte strengte vergeblich seine Augen an, aber auf den von Holzknechten und Reisigsammlern ausgetretenen Stegen war die Fährte, die ihn hätte leiten können, nicht zu entdecken. Er stieß laute Rufe aus, die in dem drückenden Schweigen der schneebedeckten Gefilde verhallten.

Fräulein von Croix-Mort hatte sich, wie der Gärtner es dem Geistlichen gesagt, mit raschen Schritten entfernt. Sie begab sich zu einer armen Frau, die im Taglohn auf dem Schlosse arbeitete und deren Gatte ein Drahtbinder war, wie sie, einen kleinen Karren vor sich herschiebend, auf dem flachen Lande umherziehen.

Eine Büchse mit Arzneimitteln unter dem Arm tragend, eilte Edmee vorwärts. In Weiß gehüllt, breitete sich der Park vor ihr aus, die Divonette, die sie jetzt überschritt, war jedoch noch nicht zugefroren, aus ihrem Uferschilf stieg ein Schwarm wilder Enten auf, die schnatternd dem Forste zuflogen. Ungefähr eine halbe Stunde mochte sie dahingeschritten sein, als sie ein Rascheln in dem Dickicht des Gehölzes zu vernehmen glaubte; sie hielt einen Augenblick inne, dann sagte sie mit lauter Stimme: »Bist du es, Billet?«

Das Rascheln hörte auf, doch der Alte trat nicht, wie sie erwartet, aus dem Waldessaume hervor. Es mag ein Reh sein, das die Rinde der Birken benagt, dachte Edmee und schritt hastig weiter, um die kurze Zeit, die sie mit dem Warten verloren, wiedereinzubringen.

Aus der dichten Schneedecke wandelte sie geräuschlos wie über einen Teppich dahin, während sie mit leiser Besorgnis umherlauschte. Ein neues Knistern geknickter Zweige ertönte aus derselben Richtung wie vorher. Wieder stand Edmee still und rief: »Billet!«

Ihre Stimme verlor sich in dem Dickicht, ohne daß sich eine Antwort hören ließ. Jetzt wurde sie von Angst erfaßt. Wer mochte ihr in dem Gehölze folgen? Wer verbarg sich, ohne auf ihre Rufe zu antworten? Sie war von allen im Walde Beschäftigten gekannt. War es vielleicht ein Herumstreicher oder irgend ein Wilddieb? Aber in Billets Waldgebiet wagte ja niemand den Fuß zu setzen.

Sie beschleunigte ihren Gang, der alsbald einer Flucht glich. Alles blieb düster, still und einsam und nur längs des Weges unterschied sie deutlich das Knistern der geknickten Aeste, das von der Verfolgung desjenigen zeugte, der sich ihr schweigend beigesellt hatte. Das Blut stieg ihr zu Gesicht, sie rang nach Atem. Sie fürchtete sich ernstlich, suchte sich aber zu bemeistern und warf entschlossen einen Blick umher, um die Gegend, in der sie sich befand, in Augenschein zu nehmen.

Sie war auf dem Wege, der nach Vieuville führte, Links dehnte sich die Ebene aus, wo sie gesehen werden mußte, da der Raum frei war. Ein Fußpfad leitete dahin. Sie betrat ihn, und um rascher den Waldessaum zu erreichen, fing sie zu laufen an. Schon war sie über den kleinen Weggraben gesprungen, als eine schwarze Gestalt, aus dem Gehölz heraustretend, ihr plötzlich gegenüberstand.

Wie in den Boden festgewurzelt, blieb sie stehen, stieß einen Schrei aus und machte eine Gebärde des Entsetzens: sie hatte Ferdinand erkannt.

Kaum zehn Schritte lagen zwischen ihnen. Sie blickten einander an, sie, zitternd, entsetzt vor seiner Erscheinung; er, düster und bleich, wie schreckerfüllt über das eigne Beginnen. Seine Hände erhoben sich bittend, indes er auf dem Schnee in die Knie fiel und schluchzend murmelte: »Edmee! O, Edmee!«

Dem jungen Mädchen entfuhr ein Schreckensschrei, sie wandte sich um und lief aus Leibeskräften davon. Sie schrie nicht, da sie ihren Atem sparte, um sich ihn für eine längere Dauer zu bewahren. Ferdinand verfolgte sie, immer flehend und Worte stammelnd, die ihr Ohr nicht erreichten, und da er durch diese Verfolgung in immer größere Aufregung geriet, that er jetzt sein Möglichstes, um sie einzuholen. Doch die Furcht verlieh dem jungen Mädchen Flügel, die Entfernung vergrößerte sich zwischen ihr und dem furchtbaren Verfolger. Aber immer noch vernahm sie, wie der abscheuliche Mensch, der ihr nachsetzte, mit keuchender, heiserer Stimme wiederholte: »Edmee! ... Erbarmen! ... Edmee! ...«

Ihre Gedanken verwirrten sich, ihre Brust schien dem Zerspringen nahe und nur eine übermenschliche Gewalt trieb sie vorwärts. Schon hatte sie einen beträchtlichen Vorsprung gewonnen, als sie, eine Lichtung durcheilend, auf dem gefrorenen Moose ausglitt und zu Boden stürzte. Sich für verloren haltend, gedachte sie des einzigen Wesens, von dem sie noch Hilfe erwarten konnte, und in verzweiflungsvollem Tone schrie sie: »Billet! Billet!«

Ferdinand antwortete auf diesen herzzerreißenden Ruf mit dem Hohnlachen eines Wahnsinnigen, während er die Strecke, die ihn noch von dem jungen Mädchen trennte, durchjagte.

Ehe er sie aber noch erreicht hatte, erschien Billet, mit einem Sprunge aus dem Dickicht auf die Straße setzend. Mit einer Hand faßte er den Baron an der Schulter und brachte ihn zum Stehen, mit der andern ergriff er Edmee und hob sie empor. Als der Elende sich entdeckt sah, verlor er vollends die Vernunft. Seine Züge verzerrten sich, seine Zähne knirschten und mit einer schrecklichen Verwünschung fiel er über den Waldhüter her.

Billet hielt den Angriff aus, schleuderte die Flinte, die ihn belästigte, weit von sich fort, umschlang seinen Gegner und rief: »Fräulein Edmee, fürchten Sie nichts, ich halte ihn fest! ... Entfliehen Sie! ...«

Aber Fräulein von Croix-Mort war vollständig erschöpft, sie blieb regungslos, unfähig, auch nur einen Schritt weiter zu thun, und starrte entsetzt auf die beiden Männer, welche miteinander rangen und gleich kämpfenden Bären ein dumpfes Brummen ausstießen.

Billet war von athletischer Stärke, aber die Wut, die sich Ferdinands bemeistert hatte, verdoppelte dessen Kräfte. Jetzt war es ihm gelungen, den Alten aus dem Gleichgewichte zu bringen, er hob ihn in die Höhe und beide rollten, einander fest umschlungen haltend, in den Schnee.

Ferdinand wurde beim Hinstürzen vom Zufall begünstigt, indem er auf Billet zu liegen kam, und mit wilder Freude dessen Hals umklammernd, suchte er ihn zu erdrosseln. Billet machte eine verzweifelte Anstrengung, um sich aufzurichten, war aber nicht im stande, sich loszumachen. Während seiner Kehle nur noch ein leises Röcheln entstieg, heftete er einen Blick voll Todesangst und Verzweiflung auf das junge Mädchen. Außer sich, suchte Edmee nach einer Waffe, nach einem Stock, nach einem Stein umher; da fiel ihr Auge auf die Flinte, die auf den Rand des Grabens niedergefallen war; sie griff mit einem Freudenschrei nach dem Gewehr und rief, den Lauf auf Ferdinand richtend: »Lassen Sie ihn los oder ich schieße!«

Er gab keine Antwort, sondern preßte den Hals des mit dem Tode ringenden Billet nur noch fester zusammen. Da blitzte ein Feuerschein vor den Augen des jungen Mädchens auf, ein Schuß ertönte – und der von ihr gehaßte Mann rollte getroffen in den Schnee, der sich alsbald blutig rötete.

Sechzehntes Kapitel

Als Fräulein von Croix-Mort nach sechswöchentlicher Krankheit wieder zum Bewußtsein gelangte, sah sie an ihrem Lager ihre Mutter in tiefer Trauer und die alte Rosalie gleichfalls in Schwarz gekleidet. Man teilte ihr mit, daß sie eine Gehirnentzündung gehabt habe; als sie aber noch weitere Fragen stellen wollte, legte man ihr Schweigen auf. Sie sollte nicht denken, nur ruhen und ein bloß animalisches Leben führen, weil sonst ein Rückfall eintreten könnte.

Während einiger Tage blieb sie in einer Art von Schlafsucht versunken und bemühte sich, die Schlaffheit zu besiegen, die sie niederdrückte, was ihr indes nicht gelingen wollte, da es ihr schwer fiel, auch nur die abgemagerten Arme in die Höhe zu heben. Sie suchte ihre Gedanken aus ihrem leeren Kopfe wie aus dem Grunde eines Brunnens heraufzuholen, und da fand sie denn eine einzige Sorge, welche sie unausgesetzt quälte: es war die, zu wissen, was aus Billet geworden.

Jedesmal, wenn sie seinen Namen aussprach, fing ihre Mutter zu weinen und zu seufzen an. Rosalie nahm dann eine ernste Miene an und sagte: »Gnädiges Fräulein, Sie betrüben Ihre liebe Frau Mutter mit Ihren Fragen.«

Hierauf schwieg Edmee und dachte: Warum wollen sie mir nicht antworten? Was verheimlicht man mir?

Ein einziges Bild schwebte unablässig vor ihren Augen. Es war Billet, wie er, dunkelblau, halb erwürgt, dem Tode nahe, im Schnee mit Ferdinand rang, als der Knall einer Schußwaffe ertönte ... Sie vernahm den Schuß, sah das Feuer, das war alles ... Und dann ... Nichts! ... Sie strengte sich vergebens an, zu ergründen, was später geschehen, aber sie konnte sich aus dem undurchdringlichen Dunkel nicht herauswinden. Der schlechte Mann mußte tot sein; für ihn trug man wohl Trauer. Was aber war aus Billet geworden?

Der beginnende März brachte wieder warmen Sonnenschein, die Luft war mild und der Arzt erlaubte, daß die Kranke aufstehe. Sie wurde an das Fenster getragen und erblickte voll Freude die Terrasse und den Teich, auf welchem die schönen Schwäne ruderten, sowie die dunklen Baumgruppen des Parkes. Ihre Mutter saß, ein

Zeitungsblatt lesend, neben ihr. Plötzlich entfuhr ihr ein halberstickter Klageton, sie erbleichte, schleuderte das Blatt voll Entsetzen weit fort und eilte, das Gesicht in ihr Taschentuch vergrabend, davon.

Erstaunt sah Edmee auf die Zeitung, die etliche Schritte von ihr entfernt zu Boden gefallen war. Sie ahnte, daß dieselbe die von ihr gesuchte Erklärung enthielt. Mit vieler Mühe erhob sie sich, that schwankend einige Schritte, nahm das Blatt zur Hand, kehrte zu dem Ruhebett zurück und fing zu lesen an.

Plötzlich wurden ihre Augen von dem Namen Billet unwiderstehlich angezogen. In der Rubrik: »Aus dem Gerichtssaale« las sie folgende Zellen: »Nächste Woche gelangt der Prozeß des Forsthegers Jean Billet, welcher angeklagt ist, seinen Herrn, den Baron Ayères, getötet zu haben, vor die Geschworenen ...«

Edmee erhob sich ungestüm und stieß einen Schrei aus, der die Baronin und Rosalie herbeirief. Mit blitzenden Augen wies sie auf das Zeitungsblatt: »Hast du gelesen, was hier steht?« fragte sie, sich an ihre Mutter wendend.

Und als diese stöhnend und klagend zurückwich, fuhr sie fort: »Man soll mir augenblicklich einen Polizeibeamten holen. Ich werde einen Unschuldigen nicht verurteilen lassen ... Nein! Nein! Jean Billet ist an dieser Mordthat unschuldig ... Dies ist die Hand, die getötet hat!«

Mit düsterer Miene schüttelte sie die Hand, als sähe sie dieselbe voll Entsetzen von Blut triefen.

Frau von Ayères stieß einen Angstschrei aus und entfloh. Rosalie bemühte sich vergeblich, Fräulein von Croix-Mort zu beruhigen. Statt eines Beamten verlangte sie jetzt nach dem Abbé und bestand mit solcher Heftigkeit auf ihrem Wunsch, daß man ihr nachgeben und denselben holen mußte.

Als der Pfarrer gegen Abend erschien, traf er das junge Mädchen in einem Zustande furchtbarer Aufregung. Er mußte ihr alles, was vorgefallen, erzählen: sein Zusammentreffen mit Billet, der die Ohnmächtige in seinen Armen nach dem Schlosse getragen, das freiwillige Geständnis des Alten, welcher erklärte, daß er soeben Herrn von Ayères erschossen habe, seine Gefangennahme, und wie er dann während der Untersuchung beharrlich sich zu der That bekannt habe.

Das Verbrechen hatte keinen Zeugen gehabt, da die Anwesenheit des Fräuleins von Croix-Mort von Billet verheimlicht wurde. Holzknechte sagten aus, daß sie den Leichnam des Barons auf dem Wege nach Clairefont gefunden und neben ihm die Flinte des Hegers, aus welcher bloß ein einziger Schuß abgefeuert worden war.

Der Geistliche hatte die Verschwiegenheit des angeblichen Mörders nachgeahmt. Er wußte, daß der treue Diener entschlossen war, selbst um den Preis seines Lebens jeden schimpflichen Verdacht von Fräulein von Croix-Mort abzuwenden. So oft er auch, von Gewissensbissen gefoltert, auf dem Punkte gewesen war, die Wahrheit zu offenbaren, hatte er doch geschwiegen.

Edmee hatte den Pfarrer angehört, ohne ihn mit einem einzigen Worte zu unterbrechen. Als er zu Ende war, schüttelte sie das Haupt und Thränen entströmten ihren Augen: »Und Sie konnten eine solche Ungerechtigkeit zugeben?« klagte sie. »Sie hielten es für möglich, daß ich dies billigen und ein derartiges Opfer annehmen würde? Armer Billet! So gut und so treu! Jetzt ist's an mir, das Uebel gutzumachen, das er freiwillig auf sich genommen. Rufen Sie meine Mutter ... Man soll anspannen ... Sie selbst, Herr Pfarrer, werden mich zum Staatsanwalt geleiten ...«

»Aber, liebes Kind, in dem Zustande, in welchem Sie sich befinden, heißt das, Ihre Gesundheit aufs Spiel setzen ...«

»Billet setzte seinen Kopf aufs Spiel ...«

»Sie haben noch nicht die Kraft zu einer solch langen Fahrt ...«

»Gott wird mir sie verleihen.«

Und in Gegenwart ihrer vor Schrecken stumm und regungslos dastehenden Mutter bestiegen Edmee und der Pfarrer den Wagen und fuhren davon.

In der folgenden Woche wurde Billet von dem Schwurgericht freigesprochen. Das Verfahren gegen Fräulein von Croix-Mort wurde auf Befehl des Justizministers nicht eingeleitet. Die Umstände, unter welchen der Tod des Herrn von Ayères erfolgte, wurden in richterlichen Kreisen bekannt, aber die Energie und Aufrichtigkeit, welche Edmee an den Tag gelegt, erwarben ihr die Sympathieen aller.

Das junge Mädchen, das moralisch und physisch so sehr gelitten, konnte sich nur schwer erholen. Sie siechte, schwach und bleich, lange Zeit dahin. Es war, als sei die Quelle ihrer Kräfte erschöpft.

Als man sie in der Umgegend wiedersah, war ihr Haar gebleicht; zwischen ihr und ihrer Mutter war auf den ersten Blick kaum mehr ein Unterschied.

Die beiden Frauen lebten nach wie vor auf Schloß Croix-Mort, das sie nur an Sonntagen, wenn sie zur Kirche gingen, verließen; sie blieben traurig, kalt und schweigsam, für immer einander entfremdet, denn zwischen ihnen stand trennend der Schatten des schönen Mannes mit dem goldblonden Bart.

Ende.

Über tredition

Eigenes Buch veröffentlichen

tredition wurde 2006 in Hamburg gegründet und hat seither mehrere tausend Buchtitel veröffentlicht. Autoren veröffentlichen in wenigen leichten Schritten gedruckte Bücher, e-Books und audio-Books. tredition hat das Ziel, die beste und fairste Veröffentlichungsmöglichkeit für Autoren zu bieten.

tredition wurde mit der Erkenntnis gegründet, dass nur etwa jedes 200. bei Verlagen eingereichte Manuskript veröffentlicht wird. Dabei hat jedes Buch seinen Markt, also seine Leser. tredition sorgt dafür, dass für jedes Buch die Leserschaft auch erreicht wird.

Im einzigartigen Literatur-Netzwerk von tredition bieten zahlreiche Literatur-Partner (das sind Lektoren, Übersetzer, Hörbuchsprecher und Illustratoren) ihre Dienstleistung an, um Manuskripte zu verbessern oder die Vielfalt zu erhöhen. Autoren vereinbaren direkt mit den Literatur-Partnern die Konditionen ihrer Zusammenarbeit und partizipieren gemeinsam am Erfolg des Buches.

Das gesamte Verlagsprogramm von tredition ist bei allen stationären Buchhandlungen und Online-Buchhändlern wie z. B. Amazon erhältlich. e-Books stehen bei den führenden Online-Portalen (z. B. iBookstore von Apple oder Kindle von Amazon) zum Verkauf.

Einfach leicht ein Buch veröffentlichen: **www.tredition.de**

Eigene Buchreihe oder eigenen Verlag gründen

Seit 2009 bietet tredition sein Verlagskonzept auch als sogenanntes "White-Label" an. Das bedeutet, dass andere Unternehmen, Institutionen und Personen risikofrei und unkompliziert selbst zum Herausgeber von Büchern und Buchreihen unter eigener Marke werden können. tredition übernimmt dabei das komplette Herstellungs- und Distributionsrisiko.

Zahlreiche Zeitschriften-, Zeitungs- und Buchverlage, Universitäten, Forschungseinrichtungen u.v.m. nutzen diese Dienstleistung von tredition, um unter eigener Marke ohne Risiko Bücher zu verlegen.

Alle Informationen im Internet: **www.tredition.de/fuer-verlage**

tredition wurde mit mehreren Innovationspreisen ausgezeichnet, u. a. mit dem Webfuture Award und dem Innovationspreis der Buch Digitale.

tredition ist Mitglied im Börsenverein des Deutschen Buchhandels.

Dieses Werk elektronisch lesen

Dieses Werk ist Teil der Gutenberg-DE Edition DVD. Diese enthält das komplette Archiv des Projekt Gutenberg-DE. Die DVD ist im Internet erhältlich auf **http://gutenbergshop.abc.de**

Zeitfracht Medien GmbH
Ferdinand-Jühlke-Straße 7
99095 Erfurt, Deutschland
produktsicherheit@kolibri360.de